蝴蝶
Seba

蝴蝶

Seba

蝴蝶館 15

歿世錄 I 之 淨眼

蝴蝶 ◎ 著

elegantbooks

楔子

距離天柱崩毀，已經三十年了。

他吸了口菸，將空了的彈匣卸棄在地上，發出空洞的聲音。破舊的大樓非常安靜，安靜得似乎聽得到自己的心跳。

他在等。叼在嘴裡的香菸發出微弱的紅光。

等他感覺到空氣急速的寒冷，天花板的殭尸已經撲了下來，半腐的嘴唇扭曲，吐出發黑的舌頭，飢渴著他溫暖的血肉。

砰然一聲，這個不死生物感到一陣火熱，然後天地成為一片黑暗。他的腦袋爆開來，倒地的時候，將插在胸口的銀製匕首沒柄而入。

他吸了口菸，優雅而殘忍的，跳進前仆後繼的殭尸當中，將眼前的一切滅了個乾乾淨淨。

三十年了啊……當初天柱崩毀，人間沒有因此毀滅，到底是正不正確呢？他望著堆積如山的屍首。

他是災變之前出生的，對於災變前還有點印象。兩極融化、海嘯、陸移……雖然說，總觀起來算是很小的變化，卻讓文明因此停滯不前，並且產生了許多後遺症。

「不過是損失了百分之十的陸地，就這麼嚴重……人類還真是脆弱。」他喃喃自語著。

丟出一罐汽油，他將菸扔在上面。堆積如山的屍首發出慘叫，在烈火中扭曲掙扎起來。

這也是當中一種異變：「殭尸瘟疫」。

早就有疫苗可以防範了，但是災變之後，糧食短缺，經濟混亂，造成許多貧民窟，貧窮的遊民無力負擔龐大的醫藥費，一旦感染就是死刑。

「安息吧……等年頭好一點再投胎啊。」他壓了壓帽簷，「別早早的來送死。」邁著大步，他往外走去。

哐啷一聲大響，置物櫃裡滾出一個小孩。她抬起眼，衣物襤褸，臉孔凝著血跡。眼神充滿了絕望和倉皇。「救……救救我……」

他沉靜的看著那個小孩，慢慢舉起手裡的槍，對準孩子的眉心。

「好，我救妳。」

*　*　*

「欸，柏人一個人沒問題吧？」全副武裝的大漢拿著望遠鏡，喃喃的問著。

「這對他來說是小case好不好。」他的同伴頭也不抬，「他根本是個怪物……雖然我們也是。」

「怪物……這種年代沒有你口中的怪物清理，恐怕人間早就成了煉獄。」大漢皺緊眉，「難道這就是被神遺棄的結果嗎？」

「你有病啊？」他的同伴繼續操作儀器，「都快二十二世紀了，你還相信神愛世人？」他抬起眼睛，眼中盡是絕望的死寂，「你在紅十字會幹假的？還跟死老百姓一樣？」

大漢轉頭望著冒出火光的破舊大樓，默不作聲。他瞥見了同伴，站起來疾呼，「……欸？柏人！柏人，你沒事吧？柏……」然後他瞪大了眼睛。

那個有名的、手下沒有活口的妖魔殺手，居然扛著一個小孩走了出來，踏過滿地的火與煙。

他將小孩丟在同袍面前，「喂，給她打疫苗。」

「……啊？」大漢小心翼翼的檢查，神情古怪的抬起頭，「……她有初步感染的現象。」

「初步而已，不是嗎？打疫苗以後隔離三週。醫藥費從我的薪水裡扣。」

這個喚作柏人的殺手，拿下左眼的單眼鏡，瞳孔裡沒有一絲憐憫。「三週後確定沒問題，我來帶她走。」

他的同袍瞪大眼睛。他們和這個冷血殺手同事很長一段時間了，到現在，柏人還記不住任何人的名字。這冷血殺手「清理」過的感染區沒有活口，哪怕是能得救的正常人，他都趕盡殺絕。

「失去所有親人，失去一切。得救之後又能怎樣？」他總是冷冷的說，「在這種年頭，除了出賣肉體，就是販毒或做賊，最後都通向無底的深淵。不如讓他們早點離開這個骯髒的世界。」

但這個鐵石心腸的傢伙卻救了一個小孩，還是他最不假辭色的「女孩」。

「你……你……為什麼？」

「我的錯。」他舉起空空的槍，「我忘了預留幾顆子彈。既然我沒給她一個痛快，就得負起責任。」

大踏步的，他往醫護車走去，一面將身上的衣服脫下來，露出後背非常大的傷疤，扭曲糾結，從左肩到右臀。

「人的一生中，真的不能犯太多錯誤……」在刺痛的消毒水中，他自言自語著。

第一章

我醒來時，只看到一室的純白，什麼都沒有。

定期有人幫我做檢查、跟我說話。不過，都透過一面很大的玻璃，送藥、送飯、做檢查，都是機械臂的工作。

我得救了嗎？

等我清醒一點，過去的夢魘像是陰魂般不肯散去，讓人呼吸困難……我趕緊看我的右手臂……上面有撕裂的傷痕，覆著紗布，我看不到有沒有腐爛。

變成殭尸的老爸啃著支離破碎的媽媽，媽媽還會抽搐，絕望的伸出手向我求救。為什麼我要被生下來？為什麼天天要活在這種恐懼中？為什麼……明明知道自己可能被感染了，我還掙扎著不想死，不想被吃掉？

為什麼？

那個背光、黝黑的男人掏出槍，對準我眉心的時候……為什麼沒有殺我？

很多很多的為什麼，但沒人回答我。他們只忙著幫我做檢查，忙著測驗我有沒有發瘋，誰也沒想過要回答我的問題。

直到隔離期結束，那個魔鬼似的男人來接我。

「啊，我叫柏人。不要問我姓什麼，我不知道。」他的眼睛既無憐憫，也無情緒，冷冷的，像是金屬做成的。「本來我該一槍打死妳，但剛好沒子彈，是我的錯。所以，我收養妳了。」

「……殺人有很多方法，也未必要在那裡。」我不懂，並且害怕。

「我不是屠夫。」他領著我走出隔離室，走出醫院。「我並不喜歡殺人。我從來沒有犯過這種錯誤……可見妳是不該死的。」

然後他就沒再開口。

我不認識他，也不了解他。但除了跟他走，沒有其他選擇。

*　*　*

關於他的事情，我後來才慢慢從他的同袍口中得知。

他十二歲因為天賦而被紅十字會發掘，當時他孤身在貧民窟清理殭屍和魔物。還年幼的他，就冷酷無情的舉起食指，用他爆裂的氣替自己打出一條生路。

就工作來說，他是個非常優秀的妖魔殺手。但他的過去，無人知曉。只聽說一些模模糊糊的流言，說他是妖魔和人的混血兒。但他從來不回答，譏諷他也不生氣，只是用冷冰冰、金屬似的眸子望著來找麻煩的人。光那種冷酷的眼光就可以嚇退來者。

「林靖，十二歲，東口國小五年級生，輟學中。」他冷冷的看我一眼，我忍不住挫了一下，「東口國小不是疫區吧？為什麼沒去上學？」

「……我住的幸福社區成為黃燈疫區。有隻殭屍……跑到社區了。」被這樣的眼睛注視，誰敢撒謊？「老師同學都害怕。」

「嗯，我記得。」他發出一聲冷笑，「因為紅十字會的白癡居然沒把那隻殭屍抓出來。無能的傢伙……拖上一個禮拜，結果造成這麼多的死者。」

我不知道該說什麼，只能緊緊抓著裙子下襬。

「妳家開早餐店？最起碼會做早餐吧？」

「我、我都會。爸媽都忙，三餐都是我在煮的……」我小小聲的回答。看不到未來，也不知道這個兇惡的男人想對我怎麼樣。

為什麼……我沒有乖乖等死呢？

「妳的智商有一三九……平均智商。」他看著報告，「心智有超齡的成熟，但圖像構成特別的低……我想可以把妳當大人般看待。」

他扔過來一把槍，我慌忙接住，意外的沉。

「聽著，跟我生活絕對不是好事。妳會巴不得當初死了。恨我的人很多，人類、妖怪……還有一堆我搞不清楚種族的異類。我希望妳了解兩件事情。」他豎起食指，「第一、有人拿妳威脅我時，我連眉毛也不會皺一下，妳就乖乖死吧。第二、妳若不想乖乖死，就設法殺死對方。」

我望著手裡的槍，狠狠地嚥下唾沫。殺人？我從來沒有想到過……

「明白？」他金屬似的瞳孔望著我，「妳若死了，我會撿隻野貓來頂妳的缺。」

野貓？我跟野貓的命同等級？我想笑，但是，我更生氣，非常生氣。

倔強的昂起頭，逼自己直視他的眼睛。「明白了。」

他點點頭，露出一個毫無溫度的微笑，走回房間。留下我一個人，捧著那把很沉的槍。

我才不要讓野貓頂我的缺。絕對不要。

柏人不讓我叫叔叔或哥哥，要我叫他的名字。

「我們不是親戚。」他靜靜的說，「妳只是跟我一起住而已。」

……其實是萬般無奈才收養我吧？不過沒關係，我很快就會長大。等我長大到足以獨立，我就會離開。之後我會還他恩情的，雖然他根本不想救我。

對他來說，我跟路邊野貓是相同的。

但是，他要我跟他睡同一張床時，我在想他到底在轉什麼邪惡的念頭。

抱著枕頭，我很害怕。我住在紅燈區，比一般的孩子早熟。雖然爸媽都會說我們是正正經經做生意的清白人家，但我知道來家裡吃早餐的叔叔阿姨是怎麼回事，我也知道很多跟我年紀差不多的小孩也在接客。

害怕是沒有用的。有些喝醉酒的人根本不會分，我就被拖過。這時候要很明白清楚，而且冷靜的回答他，我是路人，對我怎麼樣會吃官司。

但現在，我沒有選擇。

為什麼我沒有死呢？為什麼在瘟疫蔓延的時候，我沒有死呢？現在我該怎麼辦？

他坐在床上看書，冷靜的望著我的恐懼，「……現在的小孩子意外的早熟呢。」

眼淚奪眶而出。我不知道會是這樣的命運。我很生氣、憤怒，但我無能為力。

柏人翻過一頁，「我對女人很挑剔。我是不懂其他人怎麼搞的，講究吃，講究穿，講究車子，從裡到外，講究得那麼徹底。唯獨女人只要有張好看的皮，統統可以吞下去，也不管裡面包著的是什麼……真奇怪。」

他推了推單眼鏡，眼神還是那麼無情，「妳充其量只是野貓，還妄想當我的女人麼？」

女……女人?!他怎麼可以這樣毫無禁忌的說出口啊?!太……太下流了！

我氣得臉孔漲紅，全身發抖，「我、我不是野貓！我寧可睡地板！」

「那可不行。」他轉眼看我，像是在打量一個什麼大麻煩，「清理屍體是很麻煩的。是野貓還好辦，直接扔垃圾桶。給妳辦葬禮還得花筆錢。」

我沒說話。爸媽常說，我們就算落魄到此，也還是清白人家。人窮志不窮，林家的女兒還是有自尊的淑女。我真想轉頭就走……但我能走去哪？

「還是說，妳怕？」他發出笑聲，充滿譏諷。

拖著枕頭，我忿忿的爬上床，他卻將我拎起來，摔到牆邊。

「哼，妳會感謝我的。」一床棉被很無禮的罩上來。

誰會感謝你?!面著牆壁，我狠狠地咬著枕頭角。

在不安和憤怒的情緒之下，我躺了很久，無法沉眠。試著數羊、深呼吸，但一點用處都沒有。睡著的柏人睡相極差，他連人帶被把我抱在懷裡，腿還跨上來。

……我受不了了！

拳打腳踢的將他踹遠一點，我爬出被窩喘口氣。我寧可睡地板，這個傢伙……這傢伙一定是戀童癖的變態！說什麼我也不要跟變態一起睡！

正要下床之際，突然有種強烈恐懼襲了上來，讓我把腳縮回來。有什麼……在房間裡。我的眼睛已經習慣黑暗了，可以看得出房間模糊的輪廓。這房間很簡單，一張雙人床，一個大書桌，和滿牆的書。

地板是木質的，柔和的月光撒在上面，有種溫潤的感覺。

我什麼都看不到。

但這種令人劇烈頭痛的恐懼感……像是那隻偷偷溜進我家的殭尸。看不到，卻有種氣息掐住我的脖子，讓我不斷發抖。

在哪裡？到底在哪裡？

突然被摀住嘴按倒，我的尖叫梗在喉嚨，還沒來得及掙扎，就聽到槍聲和大吼。地板的陰影扭曲起來，流出綠綠的液體。像是變形蟲般昂揚起來，只看得到像是嘴巴的地方，長滿一圈重重疊疊的牙齒，在月光下閃閃發亮。

「還沒放棄啊……瘴影。」柏人將我抓起來，輕輕鬆鬆摔到床的裡邊，「你還有多少分身可以放呢？」

那隻叫做瘴影的超大型變形蟲，身體一弓，彈了過來，大張的嘴裡長滿鯊魚似的利齒。牠快，柏人比牠更快，他的槍不知道從哪變出來，「碰」的一聲巨響，打進瘴影的嘴裡。

那隻超大型變形蟲顫抖了片刻，像個氣球般鼓起來，然後爆炸了。肉塊和內臟碎片噴得到處都是，我像是在看恐怖片似的。

不過肉片都沒掉到我們身上……在牠爆炸之前，柏人撐起一把非常、非常大的雨傘，將肉片和內臟都彈到地板上去。

……騙人的吧？

柏人面無表情的拔下一根頭髮，吹了一口氣。那根頭髮蠕動，膨脹，最後變成一條沒有眼睛的蛇。那條蛇足足有碗口粗，蜿蜒在地上，舔噬著地板的碎肉。

他轉過頭，神情如常，「現在妳還想睡地板嗎？」

我呆呆的搖了搖頭。

柏人躺下來，看我還僵坐著，將我按在枕頭上。

從那天起，我就沒再抱怨柏人睡相差勁。事實上，我每天晚上都硬要抱著他的胳臂睡覺，不然我會作惡夢。

跟柏人一起生活，本身就是個彩色的惡夢。

經過第一夜的震撼教育，我的確謹慎許多。

當柏人拎著我往地下室去練習打靶的時候，我也沒有抗拒。相反的，能有多認真我就多認真。

雖然我常常怨嘆，怨嘆為什麼當初沒有死去。但現在……既然我還活著，我就得掙扎下去，最少也反抗一下吧？我恨那種無助的姿態。

雖然我知道，槍彈只對殭尸有用，對其他非物質生物收效極微。雖然我非物質學學得很差勁，但非物質生物也不是那麼常見的。

「妖怪就妖怪，鬼魂就鬼魂，什麼非物質？」柏人的眼神總是冰冷，現在還多了一點不屑。「人類是不是得了一種沒有科學解釋就會死的病？」

這我怎麼知道？教科書又不是我編的。

「我給妳的槍，不是拿來給殭尸爆頭而已。」他將槍匣退下來，取出一顆子彈叫我摸。看起來平滑的子彈，摸上去令人吃驚，有著細微到幾乎感覺不到的花紋。

「這是兩種符文，對付鬼魂和妖怪的。另外還有對付神明和魔的，但我相信妳用不著。」他將子彈放回彈匣，「紅十字會專用槍。」

我瞪大眼睛。大災變之後，紅十字會浮出檯面，成為跨國際、跨政治的龐大組織。有人說像災變前的聯合國，但大部分的人都同意，儒弱的聯合國連紅十字會的一根頭髮都比不上。

致力重建的各國政府無力對抗各式各樣的瘟疫、因果病和通稱為「非物質生物」的妖魔鬼怪，這些都是紅十字會的範圍。

濫用紅十字會的武器，是會被關到死的欸！

「……我不要被判無期徒刑！」我尖叫。

「那妳槍還我，」他遞了根木棒過來，「妳可以用這個。」

「這是什麼？怎麼用？」我橫看豎看，看不出是什麼法器。

「大概可以揮擊吧？對付小偷應該不錯。」他收了我的槍，「剛剛我從壞掉的椅子上拆下來的。」

我馬上從他手裡奪回我的槍，悶頭繼續練習射擊。

「出手不夠果斷。」他站在旁邊看。

……我才剛開始練習，能夠多果斷?!

過了兩天，我的靶還打得亂七八糟，唯一的收穫是耳鳴不已的耳朵。

「會開保險我就沒別的可以教了。」他整理行李，「希望我回來的時候，妳還活著。」

瞠目望著他，我趕緊跑去大門攔住。「你……你……你要把我丟在這裡？」我住幾天就有幾天的刺客。「……你要把我一個人丟在家裡?!」

「當然，我也有我的工作。」他笑了一下，反而讓人發冷，「大部分的刺客會跟蹤我，妳不用擔心。」

……那小部分呢？我想想這三天內看到的巨大變形蟲、忍者，和三頭六臂的綠巨人……我能看到明天的太陽嗎？

「慢著！什麼叫作不用擔心?!」我尖叫起來，「我怎麼可能……」

「妳可以。」他將臉靠近我，嚴峻的臉龐帶著一絲冷笑，「妳殺死父母都要活下來了，怎麼會熬不過去？」

我覺得有點暈，臉孔一陣陣的發麻。「……你、你怎麼……不，我我我……我沒有……」

「染了瘟疫的人，最渴求的是至親的血肉。咬你的至親在哪？林靖？」

我咽了咽口水，覺得腦門轟然巨響，一點空氣也呼吸不到。

是。當腐爛的爸爸抓著我，一口咬住我的手臂時，我想也沒有想，抓起磨咖啡機砸爛了他的頭，而且砸了又砸，砸了又砸……

「妳怎麼躲過那麼多殭尸呢？林靖？不就是因為妳看得到黑暗和危險嗎？」

對。我看得到他們。全身全神的，可以看到那些危險病態的黑暗。我活下來是因為我不想死。我砸爛他們的頭，用木頭或玻璃刺穿他們的心臟。

我殺了好多人，好多人……

「林靖，他們染病之後就死了。」他戴上帽子，「妳沒有錯，從另一種角度來看，他們也沒有錯。妳能從瘟疫中活回來，沒理由不能料理這些活生生的刺客。」

他望著我，說不出是譏諷還是冷酷，「怕一睡不醒的話，可以放下蚊帳。應該能隔離六成以上的刺客吧。」

「……上廁所怎麼辦？」愣愣的，我空洞的問。

「這很簡單。」他將我拎起來，一把丟到沙發上。「儲藏室會有妳要的東西。」

打開門，他就這樣走了。

我坐了很久，像是清醒著重複過往無盡的惡夢。雖然……雖然我一直說為什麼沒死……但我不想死吧？我想活下來吧？再怎麼痛苦、悲傷，我都想活下來吧？

原來我是懦弱的。將臉埋在掌心，我卻沒有眼淚。

最後我去了儲藏室找，看到了柏人要我找的東西。

「……該死的。」我踹了一腳，「該死的柏人！」

那是個兒童馬桶。

「你叫我這樣的淑女用這個嗎？你這王八蛋！」我使盡全身力氣的吼出來。

兩個禮拜後，我聽到大門響，馬上給了顆子彈。等我看清楚是柏人的時候，已經來不及了。

他靜靜的看著我，我倒是緊張的看著他。「準頭很差。」

我拚命抑制再開第二槍的衝動。

「準頭雖然差，還能活到我回來，算不簡單了。」他拿下帽子。

……會被他搭救一定是我上輩子幹了很多壞事。

但他畢竟是我的合法監護人，我還是勉強開口，「抱歉，我錯認了……」

「那倒沒有。」他坐下來，「妳看到了吧？看到我的黑暗。」

慘了。我盡量掩飾，但還是被看穿嗎？我會怎麼樣？該怎麼對應？我會不會被滅口？

「還有剩菜嗎？」他開始翻冰箱。

我不知道該不該鬆口氣。「呃……湯和飯都有，我煮一下……」

他嗯了一聲，就走進浴室。

在他滅口之前，我該不該先毒死他？做晚飯的時候，我一直在想這個問題。然後，很悲傷的發現，下毒也是個大學問，而我一點都不懂。

等他從浴室出來，我已經炒了兩道菜，把湯和飯端出來。

「好吃。」他說，「看起來，撿妳回來比野貓有用點。」

我緊緊握住筷子，壓抑暴怒。我……可不是比野貓好一點兒而已呀！若不是瘟疫，我應該跳級上高中，我是天才兒童欸！至少語文方面我是天才！我做過心理評估測驗，起碼也有十八歲的心智，你開什麼玩笑?!

「如果妳想折斷筷子，使力不對。」他睇了我一眼，用拇指就掐斷一根筷子，「像這樣。」

我悶頭扒飯。沒有暴怒果然是對的。

「有客人來訪嗎？」他輕描淡寫的問。

幽怨的瞪他一眼，天知道我沒掛點完全靠運氣。「……來了兩個。」

「才兩個？」他終於有點表情，勉強可以解讀為訝異，「太吃驚了。」

……不然該來多少?!再加上一打嗎？「我才十二歲欸！」終於壓抑不住的吼出來，「最少你也該派個人幫我，就這樣把我丟在家裡……」

「古人十二歲就受聘，十三歲出嫁，十四歲就該有小孩了。」他泰然自若的喝湯，「是大人就別撒嬌，自己的性命自己保護。」

……你這王八蛋!!

喀啦一聲，我把手底的筷子掐斷了。

「潛力不錯。」柏人站起來，開始收桌子，到廚房洗碗。

我前輩子是幹了什麼壞事，必須和這個人住在一起呢？

看到他走入地下室，我的心臟猛然縮緊。來了兩個「客人」，被我打死了一個。另一個古怪的看我一眼，就逃走了。我不知道怎麼辦，只好把屍體拖到地下室，然後鎖起來。

我不敢去想整件事情，但更讓我害怕的是……逃走的那一個，眼神明顯的感到我令他毛骨悚然。

……怪物覺得我是「怪物」。我將臉埋在掌心。

聽到腳步聲輕輕的在我身邊停住。我還是沒有抬頭。

「……致死傷不是槍傷。」他的語氣還是冷冷的，但掩飾不住一絲興味，「不過幹得不錯，能將化成人形的雙頭蜈蚣居然一擊斃命。」

我咬緊牙關，試著擺脫噁心的感覺。「……椅子腿比較好用。」

「我看到了。牆壁和地板像是蜂窩似的。」他批評著，「妳怎麼知道他的弱點在哪裡？」

許久我沒回答。那噁心的體液和哀號，翻白的眼睛和死亡的氣息。「……那裡特別黑。」

他沒說話，遲疑的，我抬起臉，他背光的臉龐居然湧出笑容。諷刺的、陰森的。

「那妳看得到我的弱點嗎？」

我想別開眼睛，但被他金屬似的眸子抓住了。像是一根針猛然抵著眉心，發出一陣陣名為「恐懼」的寒意。

不由自主的開口，「……嗯。你藏得很好，碰不到。」

他放鬆了，我像是斷了線的木偶垮在地上，臉孔貼著地板。眼淚緩緩的流下來。

說不定最恐怖的怪物就是我，不是殭尸或其他東西。

在我意識到之前，他拎著我的後領，像是拎著一隻貓似的，從往地下室的門口，扔到客廳的沙發上。力道用得這麼巧妙，所以我呆若木雞的端坐在沙發上。

「很好。」他的聲音還是那樣淡淡的、冷冷的，「真不錯，很好。」

* * *

我不知道他想怎麼安排我，或想對我怎麼樣。

柏人工作的時間不一定，待在家裡的時間也不一定。他對我接近不聞不問……連打靶的時候也只在我身邊冷笑。

不過，他倒是教我怎麼拆開槍械，怎麼清理，然後重組。

拎起我重組好的槍，「妳不覺得少了什麼？」而我瞪著桌子上組不進去的零件氣餒。

「我知道妳對圖像很遲鈍，但沒想到這麼遲鈍。」他批評著，「妳數理一定很差勁。」

……這個不用你提醒我！

但我還是學會怎麼拆槍和重組。我說過，我語文能力很強，這世界對我而言，只要「轉譯」成文字就沒有問題。等我弄懂槍械的零件名稱和組裝順序，那一切就解決了。

我甚至打靶準了一點了……因為我從書架上翻到一本《槍械概念與使用手冊》。捧著那本書，我抬頭問著正在保養手槍的柏人，「子彈上的符文很淺。」大聲的讀著手冊，「……『子彈射出會因槍管而使表面磨損。』符文不會因為射擊而被磨掉嗎？」

「那是妳覺得很淺而已。」他淡淡的回答，「妳不了解符文可以『咬』多深。」

我有一種強烈不舒服的感覺。但我低下頭，繼續看著手冊。

一個月後，柏人扔了一張身分證給我。除了名字，我所有的身分都被改過了。

「現在妳是從歐洲回來的天才兒童。所以，可以跳級上國中。」他穿上外套，戴上帽子，「我帶妳去註冊。」

「……為什麼？為什麼我必須要……」我的過往為何要一筆勾消？

「因為妳是被殭尸咬過的人。」他推了推我，雖然不是很用力，卻很無情，「災變之後，人類對痊癒者有著太過敏的反應。」

我啞口無言。沒錯。雖然警察會干涉，但還是有人動用私刑活生生燒死領有痊癒證明的感染者。

「我死了你不就輕鬆了嗎？」莫名的，我生氣起來，眼中充滿屈辱的眼淚。

「我很少犯錯，犯錯就一定會扛起責任。想死就自己去死，在我的範圍內是盡量避免。」他說得很輕鬆，但我還是頑固的不想動。

我也不想，不想變成這樣，也不想要被殭尸咬啊！為什麼我好不容易活下來，痊癒了，卻要被所有的人害怕看不起呢?!我討厭這一切，我不要去上什麼學……

「小孩子都討厭上學，我明白。」柏人點點頭，然後……

他居然將我扛到肩膀上，堅硬的肩膀剛好頂著我的胃，讓我好想吐。

「放我下來！」我尖叫，「放我下來放我下來！」

「放妳下來好打妳一頓屁股？不好吧，我昨天才看過《愛的教育》。」他輕鬆的像是扛著一袋衛生紙，而不是一個拚命掙扎的少女。「在妳二十歲之前，都必須接受合法合理的教育。」

然後一如慣例，將我摔在助手座上，把我像是貨物一樣用安全帶捆得不能用力呼吸。

「我不要上學！」我尖叫著想解開安全帶。然後哐啷一聲，我瞪著右手腕上亮晶晶的手銬，他面無表情的將我銬在車窗上的把手上。

「我想我說過了，我把妳當成年人看待。」他心平氣和的發動車子。

……現在我又變成成年人了？「放開我，放開我！」我拚命撼動手銬，很可惜，一點用處都沒有。

「如果妳不乖乖進校門，我不介意用鏈子將妳拖進去。」他掏出一條狗練，露出一絲冰冷的笑。

「……柏人，你根本是個變態！」我用最大的力氣吼了起來，安全帶快勒進我的肉裡頭了。

「今天天氣真好，不是嗎？」他踩下油門。

昨天我在他書架上面發現了《下毒入門》，我覺得我該好好研究一下……

一路行來，我漸漸忘記要掙扎，目瞪口呆看著整齊清潔的道路、衣著華麗的行人。

我自幼住在位於貧民窟的紅燈區，上的是貧民窟的小學。雖然幼稚園老師拖著我氣喘吁吁的跑去找爸媽說，「這孩子是天才！你們一定要送她離開這個垃圾堆！」但因為我的天分不夠全面，所以沒有通過培育考試。

跟充滿貧民窟的城南比較起來，城北簡直是另一個世界。我以為只是電視場景呢……沒想到現實中居然有這麼完美和諧的地帶，距離城南，也不過是半個小時的車程而已。

我出院就讓柏人接回家。他住的地方在城西的山區，最近的鄰居是山腳下的便利商店。

同樣都是人，為什麼有人過得這樣安逸富足，我們卻必須在疾病和死亡的陰影底下生活呢？

「……我不想上學。我跟他們不是同一種人！我、我……」我甚至是個怪物。說不定哪天會被潑汽油，點上天譴的火焰。

「哪種人？不都兩個眼睛一個鼻子。」柏人將車拐進一個小小的上坡，「我說過，是大人就別撒嬌。」

他停車，幫我打開手銬。「還是我要幫妳掛上漂亮的鏈子，一路拖妳去教室？」

……哪裡可以買到砒霜？在湯裡下砒霜似乎很不錯。

我沉重的下了車，豪華氣派的校門口讓我暈眩了一下。多少人打不起疫苗，連飯都吃不上，他們卻花這麼多錢去弄個毫無用處的豪華大門！

這個學校的第一印象讓我很惡劣，非常惡劣。

但我的監護人根本不管我的感受，他抓著我的手臂，將我一路拖到校長室。雖然我知道我是用「紅十字會撫卹條例」進來的，身分是「殉職遺孤」，但校長諂媚到讓我起雞皮疙瘩。

這個時候我才知道紅十字會的權威有多大。

連老師的態度都那麼謙卑，讓我難受得要命。柏人「盡責」的將我送到教室，我發誓，他那張鐵皮打的面具底下，一定在狂笑。

「就這樣。」他把書包遞給我，「放學我會來接妳。」然後擺擺手，頭也不回的走了。

老師非常和藹可親的要我上台自我介紹。我望著底下興奮好奇的眼神，有氣無力的在黑板上寫了「林靖」兩個字。

「……我叫林靖，希望可以跟各位同學好好相處。」

後來老師說了些什麼，我都沒有注意聽。只聽到「英勇殉職」、「父母雙亡」、「遺孤」什麼的。

這真的是天大的謊言。

我以為無聊乏味的課程已經是折磨了，沒想到下課才是地獄。

「小靖……這樣叫妳好嗎？」坐我隔壁的女生非常熱情，「妳……妳爸媽是哪個部門的？」

裡裡外外圍了三圈好奇的同學，統統豎尖耳朵等我的回答。

當然啦，我應該唬爛一下，好讓自己平安過關。但我發現，說謊也是門大學問。

「……早餐店。」我決定據實以告。

同學安靜了一會兒，然後開始竊竊私語。

「原來是真的。」發問的女生一副興奮的樣子，「紅十字會的人都有保密合約，小靖也簽了嗎？」

啥？

「那麼小靖以後也要進紅十字會嗎？」另一個臉圓圓的女生很興奮的問。

吭？

「小靖，妳從約克郡來的對吧？」班長也來湊熱鬧，「妳住約克郡的哪裡？」

七嘴八舌的問題中，我只覺得一陣陣頭昏。「……我住城南。」

這總可以嚇跑他們吧？抱著一種自虐的快感，我決定吐實……他們的表情一定很精彩。

「約克郡的城南在哪啊……」一個瘦小的男生仰頭，打開筆記型電腦，啪啦啦的開始搜尋。

「對了，那個送妳來上學的帥哥……是誰呀？」根本不給我開口的機會，班上的女生吱吱喳喳的討論起來。

「好帥喔！」、「比偶像歌手還帥呢！」、「他不知道有沒有女朋友……」

我覺得更暈了。站起來，我決定去洗把臉。

「小靖，是妳哥哥嗎？」好幾雙期盼的眼光望著我。

我又不是遭天譴，怎麼會有那種哥哥?!

「……他是我的監護人。」

我生活在一個巨大的謊言中。

這事實讓我怒不可遏。我雖然是城南出生的孩子，但爸媽都堅持在這團混亂中活得有骨氣、有尊嚴。身為他們的獨生女，從小我就被殷殷告誡，雖然環境如此，但要活得出淤泥而不染，說謊更是萬惡之首。

現在我卻得用這些謊言去上學……這真的是太無恥了！

好幾次我試圖讓同學了解，我不是他們想像的那樣。但他們卻自己編劇編得很樂，幫我編了一個荒唐絕頂的淒美身世，甚至連柏人都插上一腳……

氣死我了！

我開始避開這些不知人間疾苦的同學，下課就縮在圖書館。對這一切抱著無能為力的憤怒。華美的校舍、無憂無慮的同學，所有的不幸和驚懼只是網路新聞的幾行字，茶餘飯後的驚悚故事。

他們被保護得這樣周全……精心鏤刻的符文，定期巡邏的紅十字會和警察……他們什麼都有，但在相隔半個小時車程的另一群孩子，卻什麼都沒有！

我討厭他們，同時也非常討厭這樣安逸的自己。

坐在書架後面，我靜靜的擦著眼淚。

「啊……妳就是那個轉來的小不點吧？」一個和善的聲音響起，卻讓我跳起來。

他的聲音帶著一種強烈的魔力，我慢慢的轉頭，看到他……他衣服上的刺繡告訴我，他是國三的學長，但他唇角的黑暗也告訴我，他是某種「非物質生物」。起碼擁有濃郁血統的非物質生物。好吧，照柏人的說法，是妖怪。

「哭什麼呢？」他按了按我的頭，手指纖長而溫暖，「被同學欺負嗎？」

我知道應該要閉嘴，然後快快逃走。但我覺得孤單，生氣，無能為力的憂傷。

「……這世界，太不公平。」狠狠地，我用肩膀抹去了淚。

「可憐的小不點。這麼小就開始想這問題嗎？」他撫了撫我凌亂的頭髮，「所以快點長大，好扭轉這種不公平吧。」

他長得很好看。我愣愣看著他溫暖的眼睛。

同學都說柏人很帥。但沒有人知道他是怎樣譏諷而無情。想從他那兒得到溫暖，我還不如開冰箱。冰箱都比他的溫度高些。

人如果沒有溫暖存在，哪裡帥得起來。最少這位學長很溫暖，所以很好看。

我看著他的名字，他叫做「葉嵐」。

「……嗯。」我擦了擦眼淚，站起來。

「妳叫林靖？下課後我幾乎都待在圖書館。如果還想哭，就來找我聊天吧。」

他笑起來，像是兩個月彎。

「……好。」

我在這個華而不實的學校，交到第一個朋友。

第二章

柏人如果沒出差，就會送我去上學、接我放學。他若出差去了，我就得自己走到山腳下搭公車，雖然公車站旁邊有個黝黑的廢棄地下道，據說災變前是捷運站。

大災變時發生劇烈的地震，整個列姑射島幾乎陸沉，曾經遍布全島的捷運系統首當其衝，都完蛋了。經過了三十年，大部分的地下道都封閉起來，成了非物質生物……呃，妖怪和鬼魂的巢穴。但山腳下的這個廢棄捷運站不知道為什麼，張著黑漆漆的大口，像是死不瞑目。

當然有許多靈異傳說，而且每次想要動工封閉，都會發生工地意外。筋疲力盡的政府就讓它留著，反正需要癒合的創傷又不止這一個。

背對著這個廢棄地下道等公車，我會毛骨悚然。

我不知道為什麼其他人能這麼泰然自若。難道他們感覺不到，有無數視線正用種羨慕或忌妒的熱烈，瞪著自己背心麼？

有時候回頭，會看到地下道的深處，一個穿著白衣，年紀和我差不多的小女生，漂浮在黑暗中，嚴肅得幾乎是猙獰的，看著我。

並且，招手。

這真的太可怕了。

每次見到那個小女生，我都會不舒服，到學校也有點怔忪。不過我話不多，老師和同學也看不出有什麼異樣。

但是，葉學長卻察覺了。

「小不點，妳臉色不太好呀。」他摸著自己額頭，同時摸著我的額頭，「我以為妳發燒，結果體溫反而降低呢。」

學長，真的很溫暖。

我怯怯的跟他說了廢棄捷運站的事情，他滿眼嚴肅的聽著。「我知道那一個。常常被投訴，但因為裡頭的『非物質生物』很弱小，所以被壓到很後面處理。但嚇到妳了，這就不行。」他滿臉粲然的微笑，「好吧，小不點，我去接妳上學吧，下課也一起回家。」

欸?為什麼……

「因為我不想小不點受到傷害。」像是這樣的理由很充分似的,葉學長笑得很暖。

「……太麻煩學長了,我想我可以的。」經歷過這麼多慘酷,我並不是那麼容易相信人。而且……他身上有著濃重的黑暗。

「小不點,妳知道我是『非物質生物』吧?」

圖書館很安靜,遍灑陽光。我們在面東的窗下小聲交談,我愣愣的看著學長溫和平靜的臉孔,心底卻寒冷的一沉。

終究……是害怕我揭穿學長的身分而已?

「這沒什麼好瞞的。」學長聳聳肩,「我領有『移民證』。若不是擔心同學害怕,引起恐慌,不然告訴大家沒什麼。小不點,」他淡棕色的眼睛望著我,充滿關心,「妳是不是看得到非物質生物?」

「……嗯。」

我從小就有這種能力，但我不知道，我看見的世界與別人不同。我一直以為這是正常的，每個人的身邊都籠罩著極淡的霧氣。有的是藍灰色，有的是燻銀色，更有的是淺黑或淺白。

但夾雜在這片深深淺淺的灰色中，有人的是亮眼的純黑，甚至會模模糊糊集中在額頭或臀部，甚至是任何部位，看起來像是角、長長的耳朵，或是尾巴之類的。

當然也有一些完全由灰霧或黑霧構成的「人」。但我一直以為那些「人」是精神病患或黑道分子。這兩種人在城南並不少見。

等我知道這樣是異常的，手臂已經被撕去了一大塊肉，而且……

我咽了咽口水，試圖將自己拉回陽光燦爛的圖書館。「……我並不想看到。」聲音這樣軟弱，我幾乎不認得自己的聲音。

「可憐的小不點，可憐的……」學長同情的圈著我的肩膀，「沒關係，不要擔心。哪，我們一起上下學吧！」

一陣鼻酸，我忍不住，大滴大滴的眼淚掉了下來。自從發生這樣的巨禍，從來沒有人想要溫柔的對待我。唯一對我好的，居然是嘴角有著亮眼純黑的學長，一個妖怪。

就算他只是說說而已，我也非常、非常高興。

第二天，我走到山腳，瞠目看著正在吃三明治的學長，他笑著招手，還遞了一個沙拉麵包給我，「我記得小不點很愛吃對吧？」

我……我無法形容我內心的感受。就像是作了很久很久的惡夢，但有人搖醒我，將我溫柔的抱在懷裡，告訴我一切都沒事的。

拚命忍住眼淚，眼前一片模糊。「學長，我……我不能夠騙你。」

等車的時候，我將過往告訴了他，包括我殺死變成殭屍的爸爸。「……我是痊癒者。」

他歪著頭看我，一笑。

「天氣這麼冷，妳連圍巾都不圍啊？」他把圍巾繞在我脖子上，「那又怎麼樣呢？我也是怪物啊。」

再也忍不住了。我哭了起來，應該很醜吧？學長笑著牽我的手上車，並肩坐下，攬著我的肩膀，「小不點……可憐的小不點……」

邊哭邊吃著沙拉麵包。這是我吃過最美味的麵包。

我加入了葉學長的社團。社團的名字很奇怪，叫做「災變前後社會現象對照研究社」。

我入社的時候，社團成員都很驚訝，「哎呀，好可愛的小不點啊……」圍過來摸我的頭髮，摸我的手。

「別欺負林靖喔。」身為社長的葉學長圈著我的肩膀，「她是我的。」

靜默了幾秒鐘，「好狡猾喔！」、「不覺得太小嗎？摧殘幼童啊！」、「可惡，運用特權行使光源氏計畫！」

社員七嘴八舌的鬧起來，笑聲、說話聲，讓我覺得很溫暖。雖然他們大半嘴角都帶著亮眼純黑，但我不想去看。

我喜歡葉學長，也喜歡其他學長、學姊。我不關心他們是什麼。而且葉學長也給我看過移民證了，他們都是好人……呃，好妖怪。

當然也會有新社員加入，但他們不知道是否覺得太無聊，總是加入一、兩個禮拜就不來了，能留下來的，通常是嘴角帶著亮眼純黑的「同類」。

但我可一點都不覺得無聊喔。

這個社團其實就是讀書會的一種，只是把範圍限定在災變前的各種社會現象，既然是社會現象，自然包括電視、電影囉。所以，社團辦公室常常放災變前的電視節目和電影，讓人訝異的是，三十幾年前的電視電影，居然和現在沒什麼兩樣。

每個月都有一次總結報告，每個人都要上台的。大家都絞盡腦汁，寫出精彩的報告，認真分析災變前後社會現象的異同。

老師們覺得這群一本正經做研究的小孩子很可愛，我就聽我的導師這樣說過。因為社員在學校成績都很優異，就算功課不算很好，但也有某方面的偏才（像我），而且都清秀美麗（這是後來才發現的），所以學校很大方，經費給得很充足，擁有最舒適的社團辦公室，並且會用種寬容有趣的態度，向學術期刊推薦我們充滿稚氣的報告。

但我們不是在辦家家酒，可是很認真的。

像我，正在作「災變前後動畫的沿革和變遷」。我把十幾本的參考書籍攤在寬大的書桌上，開著筆電搜尋，眼睛還一面看著電視裡的動畫。

「唔，結果災變前的動畫比較好看嗎……？」我揉了揉眼睛。真奇怪啊……三十年過去了，居然沒有什麼改變？我翻閱桌子上的書籍，覺得很困惑。二十世紀到二十一世紀，文明突飛猛進，到了二十世紀末，甚至有一日千里的進展。當中可是有兩次世界大戰呢……

但災變後三十年，幾乎什麼進展都沒有。三十年前的電腦規格，現在依舊適用。三十年前的動畫製作，三十年後依舊這樣。我瞥見放在桌子上的槍，這是紅十字會的標準配備，貝瑞塔92，一九八三年開始出廠。距離現在也八十幾年了……但現在還是最普用的槍械。

真奇怪。我看著一部部的動畫，越來越迷糊。若說災變前的動畫就算有再多的不滿，也還擁抱著希望，有著無限可能；但災變後的動畫雖然極力歡笑，卻擁有一種絕望的虛無感。

這像什麼呢……這有點像歐洲的黑暗什麼的……

「啊，歐洲黑暗時期。」我自言自語著，一面抓起擺在桌子上的椅子腿，將想偷襲的蛹蟲打成一團肉醬。

……這實在不太像是正常人的生活。可悲的是，我已經習慣了。「盲，你的食物！快出來吃喔！」

從角落的陰影爬出一條沒有眼睛的大蛇，滿意的舔噬地上的妖怪肉醬。這是柏人留在家裡「打掃」的怪蛇。別指望他能幫什麼忙，他會的就是把屍體吃乾淨，一點痕跡都沒有，就這樣。

說是妖怪肉醬不太正確……那是種下等式神。總之，我覺得柏人的仇家很沒腦筋，老派這種雜碎來送死。

正想把心神集中到報告上，我突然感到那種兇殘、陰霾、氣勢十足的黑暗。現在我不會認錯了。

走出書房，柏人剛好打開大門。「咦？妳還活著？」

我想他語氣裡有輕微的失望。

沒好氣的走入廚房，「是，真不好意思，我還活著！」我打開冰箱，開始懊悔，最近忙著作報告，沒能好好研讀《下毒入門》。

真是書到用時方恨少啊。我嘆息，開始打蛋花。

不管我煮什麼，柏人的評價都是：「好吃。」

忍不住，我還是問了，「真的好吃嗎？」

「當然，」柏人挾了一筷子空心菜，「跟長蛆的罐頭比起來……出門在外總是不能太計較。」

……我把《下毒入門》擱哪去了？極度忍耐中，我握著筷子的手指發白。冷靜、冷靜……我還有事情想問監護人，是不能夠動怒的。

「柏人。」我勉強掙扎的開口，臉孔忍不住漲紅，「那個……黑暗，可以看不到嗎？吃藥或動手術之類的……」我聲音越來越小，自己都快聽不見了。

會被拒絕吧……應該。他又不是我的誰，他也不是真心想領養我。任何要求都不合適吧……

「可以啊。」他回答得很乾脆，「哪隻眼睛？」

啥？什麼哪隻眼睛？

他擱下飯碗，取出他的單片眼鏡。以前我就覺得奇怪，他的單片眼鏡是怎麼

「卡」上去的，但他卻往我的左眼一卡，不知道為什麼，就這樣輕輕貼在眼前，不會掉下來。

但這不是重點。真正的重點是，我很暈，暈到我衝進洗手間，對著馬桶吐起來。

「咦？」柏人總是冷冷的聲音有了點變化，他像抓小雞一樣將我拎起來，把單片眼鏡換到右眼。

……更暈。我腿一軟，跪在地上，吐得更厲害。

「太神奇了，是雙眼啊……」他若有所思起來，然後捂住我沒戴眼鏡的眼睛。暈眩的感覺消失了。透過單片眼鏡，我望著柏人發呆。我想起同學說他很帥……透過眼鏡，我想我看到的就是別人眼中的柏人吧。

那種恐怖而發冷的黑暗徹底消失了。他往後梳的頭髮不太聽話的垂了幾綹下來，看起來有點孩子氣。他的眼睛很大，失去了眼底死亡的氣息，顯得很有精神。因為是內雙，所以沒有那種過度女氣的娘味，只有垂下眼簾的時候，可以看到淡淡的雙眼皮和長長的睫毛。讓他英武的臉孔，添上一絲冷冽的純真。

……難怪女同學看到他會尖叫。原來她們看到的和我看到的根本是兩回事。

等眼鏡一拿開，那個籠罩著死亡氣息的恐怖殺手又回來了。他的左眼，根本不是蒙著暗霧，而是一種非常明亮、刺骨寒冷的純黑，微微閃著銀光的金屬色。

「你只有左眼嗎？」我衝口而出，懊惱得巴不得咬掉自己的舌頭。我幹什麼點出他的弱點？天哪……我一定會被滅口……

但他卻陷入深思中，「是啊，只有左眼。但也已經太多……我以為妳只是感應，原來是雙眼啊……」

沉默了一會兒，他將我拎起來，擰了把毛巾，像是要把我的臉皮擦掉似的粗魯的抹過一遍。

「人的一生中，果然不能犯下太多錯誤啊。」他搖搖頭，又將我扛到肩膀上，大踏步的走出去。

「……我有腳，我會走路！」我哀號起來，「拜託，這樣我更想吐！」

「太慢了。」他將我摔進助手座，將我捆在安全帶上，「該做就要去做。」

……要做什麼啊?!

不過，我怎麼也想不到，他居然把我載到紅十字會在地辦事處。我瞪著這個傳說中非常偉大的國際機構，只覺得胃不斷的緊縮。我住過這裡的醫院，但是躺著進來、走出去的時候，也是直接被載走，後來我才知道那是紅十字會附屬醫院。

「下車。」他看我動也不動，解了安全帶。「咦？妳還是喜歡漂亮的鏈子嗎？」

「你把我帶來這裡做什麼？」我開始發抖，「你要送我去解剖嗎？」天哪，我不要！

「解剖啊……這倒是不錯的主意。」他搖了搖頭，「但大體室最近很忙，我想我帶回來的樣本夠他們忙個三、五個月吧？」

……你不要告訴我，你真的認真考慮這件事情啊！

他將我踐下來，「就說大體室沒空了，別怕。配副眼鏡而已。」

「……哪裡不能配眼鏡，非來紅十字會配呢？再說我的視力可是一點零欸！」

但柏人能夠聽得進別人的話，那就不是柏人了。他抓著我的胳臂，半拖半拉的走過無數錯綜複雜的門廊，上樓下樓搭電梯，通過一大堆什麼視網膜、指紋、聲紋、靈魂紋……亂七八糟的檢測，在我暈頭轉向之際，拖到一個地下室。

幾個壯漢轉頭看我，我只覺得膝蓋直打架，若不是柏人拖著我，可能就軟倒了。

他們身上有著比殭尸還濃重的黑暗。那種充滿虛無感的黑暗，連一點點希望都會從心底逃逸無蹤。

「喔唷，」原本橫臥著看書的壯漢坐起來，他長什麼樣子，坦白說我看不到。因為一股股像是黑蛇的「東西」，在他臉孔上面蛇來蛇去。我倒是看到他的舌頭了，在可能是嘴唇的地方舔了舔。「柏人，送便當來？」

我瞥了瞥柏人空無一物的手……我不想知道「便當」是什麼。

「這個不行。」柏人鬆了手，反而是我要抓住他的手臂才站得穩。「你也看到了，這個未成年。」他在我腦袋上面拍了拍，「而且，她是我的。要吃也是我先吃，輪不到別人享用。」

我張大嘴。他怎麼有辦法這樣毫無神經的……他果然是變態！天哪~這到底是什麼地方啊?!

「你們嚇壞小姐了。」另個看起來最正常的高壯男人走了出來。他環繞著熾燙的雪白光芒，坦白講，卻比純黑令人膽寒。「嗨，歡迎來到特別機動二課。叫我聖就行了。」

「是怪物二課吧。」那個臉上有黑蛇的男人冷笑著躺下。

「阿默，別這樣。」聖斥責他，「就算是實情也別說出來。」

我是到了什麼地方啊……

完全沒有感到我的驚駭，柏人將我一推，「你，你剛剛說你叫作聖吧？」

聖莫可奈何的看著他，「柏人，我們同事了四年。你還記不住我的名字？」

「不重要。」柏人漫應著，「你能幫我做單片眼鏡，也可以做雙眼的吧？幫她做一副，多少錢從我薪水扣。」

聖研究似的看了柏人一眼，「……你若記得她的名字，我可以免費。」他聳聳肩，「反正材料是公家的。」

「誰的名字？林靖？」柏人還是淡淡的，只是有絲困惑。

地下室所有的人都停下手底的事，瞪著柏人，然後瞪我。像是要在我身上瞪出幾個大洞。

聖那種穩重沉著的樣子逃逸無蹤，他也瞪我很久，「……妳叫林靖？」

我……我該不該承認？膽戰心驚的，我硬著頭皮點頭。

沒有人說話，但是同時倒抽了一口冷氣，讓我頭皮陣陣發麻。

「噢……『她是我的』，居然是真的……」聖用一種很奇妙的眼光看我，「這兒來，柏人的小小姐。」

欸？什麼跟什麼啊？

我無助的看著柏人，發現他居然往沙發一躺，睡死了。

你這個沒有責任感的監護人！我恨你！

含著眼淚，我戰戰兢兢跟著這位叫作「聖」，也的確神聖得發出白光，讓我眼睛睜不太開的人後面走。

他做了很多而且詳細的檢查，坦白說，跟眼科的檢查似乎沒有兩樣。但從他越來越緊皺的眉來看，我懷疑我的眼睛沒有救了。

眼睛會得癌症嗎？

「告訴我，」他的聲音堅定而乾燥，沒有太多情緒，但也不會讓人不舒服，「妳看到的景物長什麼樣子？或者妳可以畫給我看？」他轉頭看了看，「畫阿默好了。」

「……我畫得不太好。」我尷尬的笑笑。

「不要緊，試試看吧？」他鼓勵的笑笑。遞給我筆和紙。在這屋子死氣沉沉的黑暗中，他明亮得像是唯一的明燈。

當然，溫度是嚴厲的滾燙，但是比冰冷的黑暗好。

我畫了。還特別畫出臉上的黑蛇和昂揚的蛇髮。看著圖，聖輕輕喘了一下。

「……妳很需要眼鏡。」他躊躇一下，「而且不要讓人知道妳的天賦。」

冷不防的，我那張畫得很差的圖被抽走，本來在冷笑的阿默神情突然大變，他臉上的黑蛇統統豎立起來，讓我嚇掉了手底的筆。

阿默對我豎起拇指，從左而右，在咽喉虛畫了一下。

「別嚇唬她！」聖警告，聲音雖然不大，但我看到他那種嚴厲的熾白高漲了好幾倍。「阿默，她什麼都不知道……而且她是柏人的。」

阿默瞪著他，他也瞪著阿默，像是無言的角力。好一會兒，阿默將畫扔下來，慢慢的踱開。

他明顯鬆了口氣，回眼看到我緊緊貼著椅背，「……燙到妳？原來光還在啊……」

「……嗯。很亮，非常亮……」我連大氣都不敢出。

坦白說，我完全不懂這是什麼情形。我也不知道他們的目光是什麼意思。我那該死的監護人，躺在沙發上打鼾，睡得非常死。

「她也是怪物。」阿默嘿嘿的笑起來，「總有一天，她也得來這裡。」

聖不說話，「……我馬上幫妳做副眼鏡。妳不一定要來這裡。」他語氣很堅定，「妳還小，來得及遺忘這種危險的天賦。」

……我不想要這種天賦，我想跟別人一樣，看到相同的世界。我不要看到學長嘴角的黑暗，我不要那種莫名的不安。

「聖叔叔，」我軟弱、小聲的說，「拜託你。我想跟普通人一樣。」

為什麼我說了這些話，整個地下室安靜得像是墓穴？所有的人都呆呆的望著虛空，連聖都一樣。

「我明白了。」聖打破了這種難堪的沉默，「我會盡力。」

聖開始打磨鏡片的時候，我坐在他旁邊有一搭沒一搭的聊天。沒辦法，該死的監護人睡得像豬，其他人都超可怕的，只有聖稍微正常一點。

「我也不如妳想像中正常。」聖苦笑，他靜默了一下，「我也犯過不可饒恕的罪。誰沒有呢？在特機二課每個人都如此吧……我們是清道夫。」

我不太懂。但我覺得其他的人都糾纏著死亡的黑暗念頭，聖雖然是嚴厲的，卻掙扎著想活下去。讓大家都一起活下去。

至少他比柏人親切，還會關心我學校的生活。我跟他聊學校、聊社團，甚至從來沒跟人提過的，那種強烈不公平的憤怒。

「啊，是啊。災變後人間變得死氣沉沉。只會一味的緬懷過往的榮光，逃避現實。」聖笑了笑，卻只有嚴肅沒有歡意，「有時候會懷疑阻止世界毀滅是不是正確的？」

他注視著鏡片，「為了阻止世界因為天柱崩毀而毀滅，許多眾生都犧牲了。連都城和管理者都……奉獻了自己的一切。」

這我知道。大災變的時候，折天柱、絕地維。一直被科學蒙蔽的人類，終於看得到妖怪和鬼魂，第一次也是最後一次看到魔性天女般的精魄。在列姑射島即將陸沉之際，都城的精魄開口歌唱，在絕美到驚悚的歌聲中，安撫了疼痛不安的大地和海洋，保住了列姑射島，但魔性天女的精魄就這樣散了，最後一任管理者也將自己當作供品，沉入島的根源長眠。

這些在「裡世界史」裡頭有上到，在神魔不應的現代，消亡的都城精魄卻香火鼎盛。結果，這些重大的犧牲只換來了暮氣深重的人間嗎？

我嘆了口氣。

「妳年紀這麼小，嘆什麼氣？」聖居然露出一個笑容。

「呃，我最近在準備社團的報告。」我怯怯的回答，「所以我看到有些學者主張……災變時的都城精魄是集體幻覺，沒有非物質生物，也沒有什麼天柱，一切都能夠用科學解釋……」

他望了我好一會兒，「我記得妳才十二歲。」

「……這些又不難。」我低下頭，「只要是文字都很簡單。當然為了看起來困難，需要加很多奇怪艱澀的引經據典，但那些是可以轉譯的。」

只要是文字，就是我的範圍。不管是哪一國的文字，都有一定的邏輯和文法，最重要的只是為了互相溝通。只要明白這點，學習起來就沒有太大的困難。

聖笑笑，埋首打磨鏡片。終於完工了。

「林靖小姐。」他莊重的將眼鏡給我，「願聖光與妳同在。希望妳……一生與幸福隨行。」

「謝謝。」我接過眼鏡，卻沒有馬上戴上。

不知道為什麼，我很想跟他說，不要哭。聖叔叔，不要哭。

我戴上了眼鏡，這世界居然因此不一樣了。

這世界……有這麼明亮嗎？沒有黑暗，沒有死亡，沒有深深淺淺的灰霧。

有人了解我現在心裡有多激動嗎？我再也看不到、看不到那些陰影了。廢棄地下道只是個普通的水泥建築，黑了點，就這樣。我看不到那個讓我害怕的小女生。雖然那種視線感依舊存在，沒有視覺的加強，也可以輕易的忽略了。

這個世界，居然這麼明亮。

我想哭，想大叫，想要跪下來感謝上蒼。等我再次去特機二課調整眼鏡後，我流著眼淚跳到每個叔叔的懷裡，尤其是聖叔叔，我拚命的在他兩頰親吻，偎著他哭了又哭。

聖叔叔反而笑了，「……柏人會宰了我。」

「宰你很花力氣。」柏人將手插在口袋裡，「只要沒人想吃她，她愛幹嘛就幹嘛。」

我還衝到阿默的前面，握著他的臉看了又看。他反而害怕得貼在沙發上，「柏人，快把你的瘋女孩帶走！」

「啊，她愛幹嘛就幹嘛。」柏人搖了搖手，「反正女孩子看到你都會尖叫著逃跑，好好享受吧。」

我根本就不理他們說什麼。我看不到阿默臉上的蛇了。他的臉很光滑，雖然有蛇鱗般的觸感，但他長得真不錯。就跟平常人一樣，一模一樣啊！

「快把她抓走！」阿默慘叫著，「不要讓她親我！我不想被柏人宰了！我肚子很餓，很餓啊！」

最後柏人把亢奮過度的我扛回家去，我又哭又笑的不斷吻他的臉頰。當然，他一點表情也沒有，既不高興，但也沒有不高興，我好像在親一根結滿霜的木頭。

但我心裡滿溢著感恩和快樂，根本不在意他是木頭還是冰柱。

等我的亢奮過去，已經到了該睡覺的時間了。連睡覺我都不想把眼鏡拿下來。

「把眼睛閉上。」柏人還是冷冰冰的聲音，拿走讓我如此快樂的眼鏡，塞到枕頭下面，「好好享受現在的快樂吧。」

我沒有仔細去想他的意思，因為我很快就睡著了。

* * *

當個普通人真好。

雖然學長有些訝異，猶豫的跟我說，「不戴眼鏡比較好看。」

「我不想看到了。我第一次想感謝上蒼。」我激動得緊握雙手，「我終於看不到了。」

學長只是笑著搖搖頭，將我的頭髮撫亂。「傻傻的小不點。」

我真的快樂起來，學校也沒那麼令人討厭了。我甚至可以寬容的看待這種不公平……有錢不是同學的錯，能夠生活富裕安逸也不是他們的錯，這是落點問題。他們剛好出生在富裕的家庭，就像我剛好讓柏人救了。

等我長大，我要去念社工系，盡我的能力修正這種不公平……哪怕只有一點點。當然，以一個正常、普通的身分。

我真的有一種重生的感覺。

這大概是我劫後餘生最快樂的時光。我跟同學相處得很好，老師也很疼愛我。我被文科老師誇獎，被理科老師呵斥，過著普通的學校生活。

我準備很久的報告，也被推薦到學術期刊去，學長的表情是那樣驕傲，「了不起呢，我的小不點。」

這些都不是最棒的。最棒的是，我再也看不到學長嘴角的黑暗，我因此內心安穩。

我不知道，每天可以安心的上課放學，滋味是這麼好。社團活動後，和大家一起去吃冰、看電影、逛街，是這樣愉快。

甚至是家裡出現的雜碎刺客，我都沒那麼討厭了。雖然看不到弱點對付起來比較棘手，但看不見，我還是可以隱隱感覺得到，對我的生活沒有什麼不方便。

或許是我一直太亢奮，太快樂，所以我忽略了很重要的事情。

看不到，並不等於不存在。

而我，直到太遲，才發現了這一點。

很快的，期中考到了。

我的成績不好也不壞，依舊保持文科接近滿分，理科在及格邊緣的成果。也因此，我的成績一直在最中間。

「妳啊，該怎麼說妳？」學長敲敲我的頭，「誰相信妳才十二歲，這種成績叫人罵妳好還是誇妳好？」

即使被這樣責備，我心底也是暖暖的。柏人完全缺乏關心人的情感，是因為學長，我才覺得是被關愛的。

「理科成績這樣是不行的。」他溫柔的看著我，「這樣怎麼當醫生呢？」

醫生？我根本沒想當什麼醫生啊。「……我想念社工。」

學長攬著我的肩膀，往社辦走去。「社工太慢了，小不點。跟我一起當醫生吧。這個暮氣沉沉的人間需要我們拯救。」

「呃，但是我……」

「我幫妳補習。」他的語氣柔和卻不容置疑，「沒問題的，小不點。妳很聰明，妳只是需要有人牽著妳的手。我……」他垂下眼簾，長長的睫毛微微顫動，「我看不下去了。」

這讓我羞愧起來。我真的很討厭理科功課，所以也不曾用心。但我不知道這讓學長這麼傷心。「對不起，學長。」

學長大夢初醒的樣子，「不，我不是說妳。」他蕭索的笑了兩聲，「我是說這個漸漸年老腐敗的人間。」

我張大眼睛，看著神情漸漸悽楚的學長。我想他為什麼要成立這個社團，我在想他為什麼總是溫柔而無奈。身為一個妖怪，學長真正的年紀是多大？

「……學長，你是不是……看過災變前的世界？」我小心翼翼的問。

「嗯。」他凝視著陽光下飛舞的金塵，「我看過。在那時候……人間很多煩惱，但也是生氣蓬勃的。不管做什麼，都充滿了生命力和幹勁。我到過很多地方……巴黎、紐約、倫敦、瑞士……」他的聲音漸漸低沉下來，「都城。」

他提到「都城」的時候，像是引起一種嗡嗡的迴響，連我都感到一絲絲模糊的酸楚。

「那……學長，你見過都城精魄嗎？」

「當然。」他笑了起來，「那當然的。要不是被那個魔性天女迷住了，我怎麼會一直留在這裡？」

他用一種緩慢的、思念的語氣，孺慕的提到都城。那個魔性天女，白紗染黃，安穩艷笑，既狂蕩又聖潔，既美麗又醜陋，既邪惡又純真。極度的矛盾，又和諧。

橫躺在珠光燦爛的夜間盆地，戴著翠綠山巒的冠冕。

「我以為她會一直放蕩下去，我以為她會狂笑著安眠於世界俱毀。」他的聲音像是在作夢，「但我畢竟沒有看透她。我以為她什麼都不在乎，卻沒想到她終究有在乎的東西……

「她用整個城市的精魄，唱出最後的鎮魂曲，保住一方島嶼。就跟其他滯留在人間的諸神眾魔，百妖千怪，奉獻出自己的一切。

「但他們保住的是怎樣的人間？漸漸遲暮、老去的文明。」他越來越哀傷，「比起天、魔兩界，人間受害最輕微。但恢復得最慢，太慢了……一定是因為人類的壽命太短的關係。」

學長顯得很焦慮，「一定是的。花了二、三十年才成人，智慧經驗抵達巔峰的七、八十歲，死亡卻降臨了。這像是一種徒勞無功的輪迴，來不及了，真的來不及……不能活得再長一點嗎？不能不要老嗎？人類才是人間的主人，但為什麼活得這樣倉促……」

我想說話，但不知道該說什麼。我想安慰學長，但不知道從何安慰起。我試著揣摩都城精魄的容顏，也覺得很模糊。

但我有種浸在熱水裡的感覺。暖洋洋的，很舒服。望著學長，我突然好希望能為他做些什麼，好希望停止他的憂傷，我真的什麼都願意做。

「跟我一起吧，小不點。」他揉著我的頭髮，「我們一起念高中、念醫科。我們一起來解決這一切。」

我鄭重的點了點頭。

他舒了一口氣，像是很輕鬆，一種極度疲勞的輕鬆。「哪，等我收拾一下，放學一起回家吧。」

笑了笑，我回教室拿書包。巧遇同社團的學長、學姊，「唷，葉跟妳個別輔導啊？」

算是嗎？我摸了摸有些暈暈的頭。

學長笑著，摸著我的臉蛋，「成為我們的同伴吧。」

「同伴？」我有點糊塗。

「葉還沒跟妳說嗎？就是……」

學姊打斷學長的話，「小童，你怎麼這樣？小靖還太小了吧？你也等她長大點再說。她才十二歲呢。」

「我下個月就十三歲了。」我抗議起來。

學長、學姊跟我說笑了一會兒才離開。但不知道為什麼，我摸了摸眼鏡，一種模糊的不安，在我心底徘徊不去。

第三章

最近又有幾個新社員加入，都是雪白可愛、聰明俊逸的男孩或女孩，當中還有一個是我的同學。

她叫蘇朗華，比起十二歲的我，高不到五公分，她跳過來牽著我的手又跳又叫，看起來比我還幼稚。

「大家好好相處喔。」葉學長笑咪咪，「朗華，有什麼不懂的先問小不點……我是說小靖。」他對我展露一個懇求的笑，我只好無奈的接受了。

撇開年紀，我也算是老社員了唷。

我嚴肅的跟朗華說明社團活動時間和一些規章，她圓圓的眼睛充滿好奇，「要讀的書很多喔。」

她著迷的眼睛看著大堆的書，露出對知識的饑渴，「沒問題！我最愛看書了！」

事實證明，和她可愛的外表不相符的，她是個很餓的書蠹蟲。而且從很早以前就相當迷戀災變前的種種，甚至展示當時流行的凱蒂貓和唐老鴨給我看，這些都是古董了。

「那是個非常美好的年代。」她非常陶醉。後來我才知道他們家從事古董買賣，一家子各有喜愛的年代和收藏。

我被她硬拖到家裡玩過。她家根本是博物館……她老爸喜歡宋瓷，老媽收湘扇，老哥迷戀浮世繪，而她，收集被稱為「千禧年」公元兩千年紀念的各種小玩意兒。

「……但是，千禧年和現在好像沒什麼兩樣啊……」我搔搔頭，沒錯，現在是公元二〇七八年，大災變是二〇三二年。但和千禧年的日常生活，卻沒什麼重大改變。

「胡說，當然不一樣。」朗華有點生氣，「妳看當時的東西，多麼生氣蓬勃！不斷的有各式各樣的創新……現在只有數不盡的復刻版。創新了什麼？沒有！什麼都沒有！」

「那……那是因為災變之後，都在致力於重建啊。」我拿上課時老師說過的來反駁，「還有瘟疫和糧食不足的問題要解決，當然就……」

「連創造力都衰退？」她悶悶的仔細將芭比娃娃擺好，「我上次去看芭比娃娃服裝展。」她非常哀傷，「大家都爭著重現二〇〇〇到二〇三〇年間的時代。災變後呢……？他們有沒有想過發揮自己的創意？」

「……」我還沒從這角度想過呢。

但我在城南的時候，連基本生活都很艱辛了，怎麼有辦法去想那些錦上添花的創新？那時候老爸老媽終年辛勤，只希望能存夠錢，讓全家打上疫苗，設法搬出那個貧民窟。

而且，誰會去注意災變前的生活？我爸媽雖然生在災變前，但當時的年紀很小，他們絞盡腦汁能夠回憶到的，也只是每天都吃得飽、穿得暖，生活得無憂無慮。

我漸漸能夠了解，學長創辦這個社團的目的了。

後來，我跟朗華成了朋友。班上的同學都會笑，因為兩個身高差不多的小朋友，手牽手去參加個一本正經的讀書會，其實應該是滿有趣的畫面吧？

在其他新社員失去興趣，不再參加社團活動的時候，朗華還是在社團裡，而且發表了很精彩的報告。

但在一個彩霞滿天的傍晚，葉學長叫住了朗華，「小蘇，等等幫我整理一下資料好不好？」

等學長一起回家的我，也跟著走回去，「我也來幫忙！」

葉學長看了我一眼，眼神非常溫柔，「小不點，妳還是回家休息吧。剛妳不是說喉嚨有點不舒服？」

我？我說了嗎？這個時候，突然覺得喉嚨真的有點痛，連咽口水都有火燙的感覺。

「唔……那我先回家了。」

「放心啦，」朗華笑得很開心，「明天見囉。」

我擺了擺手，轉身回家。天邊的彩霞像是火焰般怒放，直到遙遠的盡頭。

但我真的沒有想到，這樣美麗的黃昏，卻是我和朗華的訣別。

* * *

因為柏人半夜回家，第二天清晨是他送我去上學的。

本來怕學長在等我，但彎到公車站，並沒有看到他。學長一向準時得跟鬧鐘一樣，今天是怎麼了？

「我去等公車好了。」我想下車。

睡眠不足的柏人掏出手銬，晃了晃。「還是讓我趕緊送妳去上學吧，我還想回家補眠。」

……我是俗辣。我立刻正襟危坐，心裡暗罵不休的讓他送我到學校。

到了學校，我很高興的跑到第一排的位置上……欸？還沒來上學嗎？我記得她都很早到啊……

「小靖，」班長叫住我，「妳跑去那個沒人坐的位置幹嘛？妳想換到那邊去嗎？」

「什麼啊，班長，妳睡糊塗了？」我笑了，「這明明是蘇……蘇……」呃？她叫什麼名字？

我心頭一陣發冷。為什麼我忘記她的名字？我們明明很要好不是嗎？天天手牽手去社團的。

不對。我數了數班上的座位，三十六個，沒有錯，我們班有三十六個人。不可能會有空的位置。

我一把搶去班長的點名簿，快速瀏覽了一下。每個人的名字都對，但就少了那個我幾乎要喊出口的名字。

應到人數……三十五人?!

我瞪著班長，點名簿啪啦掉在地上。「那……她呢？」

「小靖？」班長像是嚇壞了，小小聲的喊我。

我轉身，往社團辦公室跑去。

抖著手打開社辦的鎖，我衝進去，找出簽到簿。我們社團很嚴謹，社團活動都要簽到。親筆簽下的總有她的名字吧？

我記得我們兩個人一起簽的，我記得……

我的名字下面那一格，是空白的。

這不可能，不可能的……我慌著往前翻，發現一件怪事。在應該填滿的簽到簿上，空白的格子越來越多。這批新社員有五個……翻到他們入社那一天，就有五個空格。

「不會的……」我嗚咽起來，「不可能是這樣的……」

我搬出所有的簽到簿，一頁頁翻過去，每次招收新會員以後，就會出現空白格子。我就算不熟，也該記得他們的名字吧？但我一個也想不起來。

「咦？」

我嚇得弄掉了手裡的簽到簿，臉孔慘白的轉頭。葉學長溫柔的看著我，有些困惑，「怎麼一大早就來了？對不起，今天睡晚了，沒去接妳……」

他的目光移到大堆簽到簿，笑容消失了。我望著他，他望著我。他一步步，走了過來。

「……葉學長，我一直喜歡你。」我軟弱的說。

他頓住了。眼光溫柔而哀傷，「我也喜歡妳，小不點。很喜歡很喜歡……」他安靜了一會兒，「忘掉這些，回去上課。」他的聲音很柔很軟，「等妳長大一點，我再來接妳。」

我垂下眼睛，點點頭。轉身走回去。等我轉過轉角，就開始拔足狂奔。學長沒有發現，我沒戴眼鏡。我看得到他嘴角的黑暗，和聲音的黑暗。

我覺得我的心快要碎了，壓軋著碎玻璃的痛感。我曾經是、一直是，那麼喜歡的溫柔學長。他到底是做了什麼……他是想做什麼？

上課鐘響了，我卻蜷縮在樓梯間，心亂如麻。如果可以哭就好了，但我心底空蕩蕩的緊縮，哭不出來。

還是回去上課吧。

我滿懷心事的走回去，不經意的瞥向別班的教室……一個空在最中間的桌子，將我狠狠扎了一下。這一班，三十二個人。我往下走，發現另一班只有二十九個人。

不對。每個班級應該都是三十五人到三十六人。不見的人去哪了？誰也不覺得奇怪，誰也不會去追究嗎？

放學後，我呆呆的望著黑板。就算沒有社團活動，我也會去社團晃一晃再走。所以柏人能夠來接我的時候，通常是六點才來。

「奇怪……」在台上的老師喃喃自語，「這本作業是誰的？怎麼沒寫名字？」他翻了翻，搔搔腦袋，「喂，有人沒拿到作業嗎？」

當然沒有人回答。老師咕噥幾聲，將那本無名的作業簿扔進廢紙回收筒。

眼淚立刻湧上我的眼眶，一陣陣刺痛。我等沒有人看見的時候，將那本作業簿撿起來。

她只比我高一點點，髮夾是凱蒂貓，喜歡粉紅色。大大的眼睛總是泛著熱情，笑起來嘴巴可以塞個拳頭。

她對三角函數特別頭痛，我們常常一起憂愁的啃著筆，對證明題束手無策。

但我完全想不起她的名字。或者說，誰也想不起來。

「……喂，柏人？」我拿起手機，「能不能現在就來接我？」

他什麼都沒問，連我聲音這樣古怪不穩都沒問。但這個時候，我真的很高興他是這樣一個沒有感情的人，讓我可以冷靜思考。

「……能不能、能不能載我去一個地方？」我深深吸了幾口氣，「就在美術館附近。」

柏人打開車窗，呼出一口菸，「好啊。」但他什麼也沒問。

幸好沒問，問了我也不知道怎麼回答。

憑著記憶，我找到她的家，按了門鈴。「蘇宅」。最起碼我知道她姓蘇。

是蘇媽媽來開門的。她看到我，笑盈盈的，「林靖？妳好呀。最近我又收到一把湘扇唷，要不要來看看？」

她記得我。那麼……「蘇媽媽，小蘇……妳女兒在家嗎？」

「女兒？噗。」蘇媽媽笑出來，「我哪來的女兒呀？我只有一個不肖的兒子，整天在外面瘋呢。若有個貼心的女兒該多好……說到這個，我是不是太想要女兒啦？怎麼佈置了一個女孩兒的房間呢？……」

她記得我，但不記得自己的女兒。

我覺得呼吸困難，淚盈於睫。「我……我只是順路來看看蘇媽媽。我先走囉。」

「不留下來喝茶嗎？」蘇媽媽憐愛的摸摸我的頭，「有妳這樣的女兒多好呀。下次再來唷～蘇媽媽做草莓布丁給妳吃～」

為什麼……怎麼會……我快步離開，一路走，一路掉眼淚。怎麼會這樣？

哭著上了車，手腳不斷發抖。拿下眼鏡，我不斷拭淚。

柏人幫我綁好安全帶，什麼話也沒問，任我去哭。

或許這樣最好。

從那天起，我就藉口感冒，沒去上學，當然也沒去社團活動。

因為我不知道怎麼辦？我該如何是好？……那麼溫柔的學長，怎麼可能做壞事……我記得窗下絮絮的交談，記得他攬著我肩膀的體溫。

不可能的，不可能的。

我甚至不敢告訴柏人。他是紅十字會的妖魔殺手，這種事情他根本就不會多說半個字，只會掏出手槍，對準學長的眉心。

「逃學？」柏人叼著菸，將手放在口袋看著我。

「……我生病了。」穿著睡衣，我抱著枕頭，低下頭。就算是他用狗鍊拴著我，我也要拿命跟他拚了。我還沒有想通，想通之前我沒辦法去學校，沒辦法面對學長。

「是嗎？」他卻沒多說什麼，「那我去陽台抽菸。」

我瞪著他的後背。他到底是知情還是不知情？這麼輕易就放過我？

萎靡不振的待在家裡三天，柏人只有吃飯的時候才會突然冒出來。他總是有事做，打靶、看書，有時候就在陽台抽菸發呆。很少跟我說話，我也不想說。

其實，我大半的時間都在思考。

我怎麼能肯定這些奇怪的事情跟學長有關係呢？說不定他根本不知道，我的不安和自以為是的發現，說不定都是錯覺。

就算跟學長有關好了，那我最少也該了解學長的動機吧？或者那些人……還活著也說不定。如果小蘇還活著呢？

我突然坐立不安起來。求救似的，我看著柏人的背影。不、不行。我沒忘記柏人拿著槍對準我眉心的模樣。他的拯救直通死亡。

第四天，我穿戴整齊，收拾書包。考慮了一會兒，我將自己的槍收進書包。

「病好了？」柏人吃著土司問。

「好了。」我低下頭，掩飾臉孔的紅暈，「也該好了。請六點來接我。」

他沒問什麼，吃過早飯就載我去上學。

這三天，在焦躁不安的折磨下，我幾乎沒吃什麼，一下子瘦了一大圈。老師和同學都嚇一大跳，沒人懷疑我裝病。

「林靖，妳真的……真的都好了嗎？」老師很擔心。

「是啊，」我倉促的站起來，「是的。這幾天的作業我會補上來。」

「慢慢來沒關係，」他端詳著我的氣色，「臉色還是很不好啊。」

「沒事的。」我低低的說，掏出課本。

下課我沒直衝圖書館，乖乖的待在教室。我還需要一點心理準備。等放學了，遲疑了一下，我將眼鏡拿下來收好。深吸一口氣，面對這個充滿灰霧的世界。

即使鼓起勇氣，我還是慢慢的、一步一頓的走向社團辦公室。握著門把，發現我的手拚命發抖。神啊，請給我一些勇氣。

明明知道不會有回應，但在這種時刻，我還是無望的呼喊著神的名字。

正要開門，卻聽到學長提到我。

「……不行，不要輕舉妄動。小不點的養父是妖魔殺手，何況小不點實在太小了。」

「正因為她的養父是妖魔殺手，」小童學長很不耐煩，「葉嵐，你不該去惹她。這只讓我們暴露於危險之中！你還關心她的年紀？我反對將她拉進我們同族！現在只能盡快抹殺她，然後趕緊離開這個學校！」

「花那麼多心力弄出來的『祭壇』怎麼辦？」櫻學姊抗議，「再去其他學校弄這個起碼要五、六年的時間。不過，我贊成抹殺林靖，我相信妖魔殺手也看不出破綻，我們依舊是安全的……」

「你們只想到安全？」葉學長的聲音意外的嚴厲，「我們的理想呢？淨化人間的理想呢？要達到我們的目的，就需要小不點！需要她那雙看得到一切的淨眼！若她成為我們的同族，她就成為我們的眼睛。你們誰能分辨妖魔殺手和妖魔？你們看得見誰的資質適合成為我們同族?只有她可以!有了她,我們就不會徒勞無功,我已經厭倦這種徒勞無功的嘗試了!」

……只是為了我這雙被咀咒的眼睛。學長對我好,只是需要我的眼睛而已。鬆開門把,我倒退一步。我該逃走,現在就逃……我該打電話給柏人。

手臂的劇痛讓我叫出聲音,我被反扭到背後,「嗨,學妹,偷聽不是乖孩子該做的喔。」一個參加社團很久的學長扭著我的手,打開門,將我推進去,「葉嵐,你們也太不小心了,讓我們寶貝學妹聽了那麼多不該聽的。」

葉學長的臉孔蒼白了。他望著我,只有空白的沉默。

「她應該聽不懂。」葉學長終於開口了,「我們用的是妖魔的語言……」

「她聽得懂。」將我推進來的學長冷冷的說,「因為她跟我們一樣,都是怪物。」

我沒有尖叫,甚至沒有哀求。我只是定定的望著葉學長,語氣冷靜得連自己都不敢相信,「沒錯,我聽得懂。」緊緊的咬了下唇,「我的確是怪物。」

葉學長的臉孔變得更蒼白,我卻只是倔強的望著他。

「那只有兩個選擇，」抓到我的學長說，我記得他姓張，「加入我們，或是抹殺。」

「像小蘇一樣？」我的聲音倒是意外的尖銳，「那就是抹殺吧？要我加入你們，我也得先知道我加入了什麼。」

望著眼前這十位學長、學姊。我們曾經一起看ＤＶＤ，一起去吃飯，一起吃冰，幾乎都揉過我的頭髮，親暱的喊我學妹或小不點。

沒想到那些友愛都是假的。

葉學長迴避我的眼光，「我們是吸血族。」

我笑出來，一種自棄的怒笑。「我知道吸血族是怎麼回事，在非物質學……」

「小不點，」葉學長打斷我，「我知道妳非物質學念得很差勁。妳明明知道那些是胡扯。這就是妳的缺點，妳太誠實，沒辦法接受虛偽錯誤的學問。吸血族也是會進化的，甚至比妳想像的快很多。」

「哦？所以你們可以曬太陽，吃正常的飲食，和普通人差不多，只是夜裡需要抹殺一些人來吸血？如果只是要血，醫院多的是過期血漿，甚至連人造血都出來了，為什麼你們一定要為了食欲……」

「我們不是為了食欲！」葉學長怒吼起來，和他平常的溫和根本兩樣。「沒錯，獲得血液的管道那麼多，我們需要的量又非常少，為什麼要殺人？殺人只是無窮的麻煩！妳以為抹殺很簡單嗎？吭？那幾乎要耗盡我身體所有的血，所有的！」

我們彼此對瞪，呼吸濃重。

他調整呼吸，聲音還是有些不穩。「人類的壽命太短了，沒辦法重建世界。吸血族的壽命夠長，但幾乎無法繁衍，只會在黑暗中自怨自艾。我需要同伴！需要和我一樣不滿、渴求改變的同伴！我的同伴越多，越有可能改變這個死氣沉沉的人間……讓魔性天女犧牲自己得以存活的人間！妳不也感到不滿，感到不公平嗎?!」

「那幹嘛殺他們？為什麼要殺掉那些社員？」我使盡力氣大吼，「他們……他們連名字都被遺忘了！徹徹底底！這就是你要的嗎？這就是你要的改變?!」

「當然不是。」葉學長的臉孔漸漸改變，唇角露出纏繞著黑暗的虎牙，「因為不是每個人都能變成吸血族的。大部分的人類都會引起強烈而致命的過敏。」

我愣住了。過敏。所以葉學長想要念醫科，所以他想要我的眼睛。我可以看到灰霧的眼睛。

「和我一起改變這個世界吧。」他慢慢走過來，伸出手，「妳不也感到氣憤，感到無力，同樣也感到不公平嗎？太慢了，這一切都太慢了。」

「……不要。」我搖頭，卻不是害怕，「不要。我不喜歡這種方式！」

但我的抗議沒有效果，我被學長、學姊緊緊抓住，押到社辦底下的地下室。

我從來不知道社辦之下還有個地下室。

我在電影裡頭看過這種金屬床，忘記是哪部了……忘記是法醫用的那種，還是手術用的那種，反正結果都差不多，我該慶幸他們沒有剝光我嗎？只是將我捆在金屬床上。

這就是他們說的「祭壇」？

葉學長將我的臉扳住，「看著我的眼睛。」

我的臉不能動，但我輕蔑的瞪著他的眼睛，在他滿頭大汗的時候冷笑的挪開。

這雙受咀咒的眼睛，可是能逃過無數殭尸，看穿所有弱點的眼睛啊！「你的弱點在頸動脈。」我咬牙切齒的說，「不是心臟。」

葉學長放開了我，我只能不斷的深呼吸。

「……她不受催眠？」學姊的聲音有種古怪的感覺，很像是擔心。

「麻醉她。」張學長的聲音緊繃，「……劑量大一點，不然她會很痛。」

我開始掉眼淚，卻不是恐懼。我氣，我好氣。你們既然不顧我的意志，那又何必管我痛不痛？你們幹嘛都別開眼睛不忍看？到了這種時候了，你們幹嘛這樣？

很快的，我就開始覺得天花板會轉。但我堅持不肯閉上眼睛。

「闔上她的眼睛。」葉學長說。

但他們努力很久，終於放棄了。「除非用線縫起來。」張學長發著牢騷，但他沒有那麼做，只是小心的拿了溼潤的紗布蓋住我的眼睛。

我的眼淚湧了出來，差點流進耳朵。

「……你紗布的食鹽水是不是太濃？」學姊的聲音遲疑了一下。

「閉嘴啦！」張學長發怒了，「我一點都不想傷害她好不好?!」

整個地下室都安靜下來，一種讓我更為憤怒的安靜。

一面哭，一面沉入一種半夢半醒的漂浮狀態。我只知道，有很粗的針戳進我的脖子、手臂，還有大腿內側。我好像沉得更深，而且渴，非常渴。

「很渴吧？」葉學長的聲音好像隔了很深很深的水，「妳的血快放光了。喝吧……喝吧。」

我很本能的抗拒，拒絕吞嚥。為了避免讓我嗆死，他們替我插了胃管。

……溺斃，不知道是不是這種感覺？

一種透體的劇烈疼痛貫穿了我。在我胃裡的「東西」像是鹽酸似的發作起來，連麻醉劑都完全無效。我沒辦法控制自己的痙攣，模模糊糊的，我聽到許多人大叫，甚至有恐慌的哭聲。

身體是這樣的痛，但我的意識卻漂浮起來。哭什麼？既然決定這樣做了，為什麼要哭？

「我們要失去她了！」葉學長尖叫，「小不點！振作點！食鹽水！把她放出來的血輪回去！」

「撐著點！」學姊哭起來，「不要死！撐過去！」

你們為什麼要難過、驚慌？為什麼要哭？每一次，你們都在哭嗎？為了一個理想？你們怎麼知道這樣會成功？

我好像沉到很深很深的黑暗中。

大家都變成吸血族，壽命延長很多倍，就可以改變死氣沉沉的世界嗎？變成什麼重要嗎？天界的神明壽命更長、更聰明，但他們不也無力逆轉這一切？

我不想死。我想活下去。學長，你這樣不對，你們這樣不對。如果你們會哭泣、會傷心，表示你們也不覺得自己對。

自己都不能說服，那可以說服誰？要怎麼說服眾人停止懷舊，看看自己前方？

我要念社工。我要……靠自己的手，扭轉這一切，哪怕只有一點點。很多很多的一點點，總會有改變的一天啊……

終於沉到底了。被黑暗徹底淹沒。

我死了嗎？我努力到現在，真的、真的死了嗎？

許多許多往事在我眼前流逝，在無數黑暗中，我看到柏人冷冷的笑，還有聖叔叔那刺眼嚴厲的光。

光。很亮很亮的光。很燙，很哀傷。願聖光，與你同在。

「願聖光，與我同在。」我的聲音，非常沙啞陰暗。動了一下手指，我抓到真實的地板。

我還活著。

用力眨了眨眼睛，眼前一片血紅。更用力的抓著地板，粗礪的觸感讓我的指頭很痛，但也讓我知道，我還活著。

吃力的舔舔乾裂的嘴唇，我嚐到血的味道。但是比血更濃重，帶著一點點噁心的甜味。趴著不動，四肢依舊受制於麻藥，無法動彈。

在這種時候，我卻一直轉著亂七八糟的念頭：不知道六點了沒有？柏人是不是來接我了？還有辦法看到陽光嗎？還有，今天該複習的功課……

對了，吸血族。今天老師上到吸血族，說大部分的地方已經讓吸血族領有公民證，合法生活，但願意登記的吸血族還是很稀少。畢竟有人把吸血瘟疫和吸血族看成一體，想要讓人類接受很困難，而且有些激進派的吸血族對人類懷有強烈的敵意。

「但是吸血瘟疫並不完全和吸血族有關係，也不是吸血瘟疫的患者就會變成吸血族。人類成為吸血族的程序非常繁複，一萬個吸血瘟疫患者也未必能產生一個吸血族。吸血瘟疫的成因和血液感染有直接關係，通常是瘟疫患者通過噬咬傳染，還有一部分是因為重複使用的針頭和輸血感染……」

吸血瘟疫的患者通常會死。雖然力大無窮，雖然會貪求血液，但還是會死。吸血瘟疫的患者通常潰爛得很嚴重，嘴巴裡有傷口，才會感染給被他咬過卻沒死的人。被吸血族咬過的人卻不一定會感染，因為吸血族通常很健康，癒合能力很強，很少有傷痕。

所以說，生命自會尋找出路。若是咬一口就會變成吸血族，這世界早就沒半個人類了，還等到現在。

沒想到我居然見識了吸血族讓人類轉化的過程。我想笑，但更想哭。

掙扎著想坐起來，卻聽到葉學長說話了。

「……還要繼續下去嗎？」他的聲音很疲憊，「還是等我們解決了這個嚴重過敏的問題再……」

「哪等得到那一天?!」張學長憤怒的吼，「我熬得過去，櫻熬得過去，為什麼其他人不能？是他們太脆弱了，不是我們的錯！」

「但是……小不點死了。」櫻學姊哭起來，「我們失去眼睛。她若熬過去，就可以替我們找出最適合的人……現在……」

「那就照以前的方法做啊！」張學長的聲音更高了，「不停的不停的嘗試下去！一個人不行，那就換一班，一班的人不行，那就整校！若還是太慢，那就把瘟疫散佈下去啊！整校感染吸血瘟疫，總還有機會吧？反正已經找到透過飲食傳染的方法了，不是嗎？你們要拖到什麼時候？」

學長、學姊們爭辯著，而贊成散布瘟疫的言論占了上風。但是散布在城北的貴族學校還是太不安全，他們準備散布到城南去。反正那兒是貧民窟。他們說。雖然希望找到的同伴智能和容貌都優秀，但這種非常時期，他們就不計較了。

他們說，一直說。什麼都是他們在說，誰聽過我們想要什麼？城南的貧民要什麼？

我們只需要一點尊重，一點基本的尊嚴。我們不是魚肉，你們不是刀俎。

慢慢的，我站起來，眼前依舊是一片血紅。

走到他們身後，他們依舊在爭辯，居然沒人發現我。看得到……我看得到他們的黑暗。我看得到他們的弱點。

在幽微的地下室，我看得到他們的脆弱。雖然是血紅的一片。

太可恨了。太可恨了！我衝過去，發出一聲吼叫，離我最近的張學長轉頭，我往他的頸動脈插進去……這個時候，我才發現我的指甲像是十把尖尖細細的利刃。

他張大眼睛，徒勞無功的按著脖子，仰面倒了下去。

葉學長瞪著我，輕輕的說，「……糟了。」他吹了聲口哨，蜷縮在角落的「東西」爬了起來，撲在我身上。

「出去！快出去！」葉學長吼，「她異變了！快出去！」

這些不可一世，認為自己擁有崇高理想的吸血族，爭先恐後的逃了出去，我聽到地下室鎖起來的聲音。

「走開。」我怒叫，「給我滾開！」我將這發出苦悶低嚎的東西抓起來亂摔，怒氣沖沖的爬上樓梯，我的小腿被抱住，我回頭……

那雙無神的大眼睛，凝著血塊、乾枯的臉龐。凱蒂貓的髮夾搖搖欲墜。

我想起她的名字了。

「……蘇朗華？」

她眨了眨眼睛，吃力的張開乾裂的唇，「救、救救我……」她張嘴，咬在我的小腿上。

很痛嗎？確實很痛，很痛。我的心，很痛很痛。她發出屍臭了，我知道她不會好了。我知道……她已經死了，現在她會動、會咬人，只是很短暫的。吸血瘟疫患者的特徵。

「……好，我救妳。」我舉起手，尖銳的指甲微微發著幽光，用力的插入她的太陽穴，像是火熱的刀插入奶油般。

「我救妳。願聖光與妳同在。」她鬆開我的小腿，頹然的倒下，再也不會動了。

我的槍……在哪裡？

指甲斷了兩根，我需要我的槍。在血紅中，我看到我的書包居然掛在牆上。和其他人的書包掛在一起，整整齊齊的掛滿一面牆。

……這是犧牲者的墓碑嗎？

我拿下書包，槍居然還在。很可能是還來不及處置吧……

第一次，覺得後座力這麼輕微。第一次，我開槍開得這麼準。我打爛了地下室的鎖。

追上去……追上去。他們轉身露出虎牙，試圖抵抗。但他們的弱點一點防備也沒有的在我眼前閃爍。黑暗的閃爍。

引得我開槍了。

殺死了櫻學姊，殺死了藍學長，他們哭嚷、哀求，但我根本就不打算饒過任何一個。到最後，我也將槍對準了逼入死角的葉學長。

「妳要殺我嗎？小不點。」他的臉很蒼白，掛著憂鬱而溫柔的笑，「妳不也認同我，答應和我在一起嗎？」

「學長，也一直哭吧？」我喃喃的，將槍對準他的頸動脈，「我救你，學長。」

我開槍了。

他笑了一下，軟軟的倒下，我看不到他最後的表情，但我也不想看。

下雨了。轟然不絕。眼前的血紅漸漸散去，我失魂落魄的走下樓。幾點了？應該很晚了吧？所以學校沒有人，一個都沒有。

我慢慢走出去，方向和時間感都失去。等我絆倒了，才發現我走到操場上了。但我不想起來，完全不想起來。

這樣就好了。讓大雨把我洗乾淨一點。把一切都沖掉，什麼都沖掉。

我不知道我躺了多久，是昏過去還是睡著，我也不知道。直到一隻足尖踢了踢我，我才勉強張開眼睛。

大雨中，什麼都看不清楚。但那種冷冷的笑，也不用看得太清楚。

「站起來。」柏人淋得溼透，「快站起來。」

我將眼睛閉上，雨水滲入眼睛，又流出來，很像我在哭。

「現在，站起來。」

「……我站不起來。」我低低的說，帶著半嗚咽的聲音。

「站起來！」柏人怒吼，「跟上來！」他轉身，很堅決的往前走。

望著他的背影。那天，我說，「救救我。」他說，「好，我救妳。」然後拿槍瞄準我的眉心。

我也同樣的跟朗華說，「好，我救妳。」

「柏人……不要走。」我喊了出來，「救救我，救救我！」

他停住，大雨轟然而下，我冷得發抖，心痛得幾乎碎裂。

「別撒嬌，跟上來。」他的語氣還是那麼冷，卻是這世界上我唯一的依靠。

使盡全力，我將自己撐起來，努力站穩。兩個膝蓋不斷的顫抖，全身都痛，從肉體到靈魂，都好痛好痛。

他在大雨裡站得筆直，仰著頭。我吃力的走到他身後，他什麼話也沒講，只是在我前面走。

坐進車子裡，已經是我最後的力氣。他沒幫我上安全帶，是我自己顫著手扣好的。雨滴一點一點的從我額頭的髮尖垂落，掉在溼透的大腿上。

直到他停車，我才麻木而機械的打開車門，走出去。到家了。

「對不起……」我喃喃著，眼前一片黑暗，什麼都看不到。對不起，我完全沒辦法動了。對不起，我不想死，卻已經沒辦法努力了。對不起，真的對不起……朗華，對不起。葉學長，對不起。大家……對不起。我想救你們……但是我的拯救同樣的，直達地獄。

昏迷中，隱隱約約感到有人抱住我，替我擦乾身體、換衣服，讓我睡在乾燥的床上。

高燒中，迷迷糊糊的，看到柏人冷冷的臉孔。

我終於哭了出來。

第四章

我想，我是病了很多天。

一直在高燒，作夢。眼前鬼影幢幢，葉學長的臉孔，朗華的臉孔，在我眼前徘徊不去。我一直在道歉，一直在道歉。但讓我再選擇一次，我還是會這麼做。

現在，我比較能夠明白柏人的心情了。

雖然如此，我還是不斷的哭，在高熱和混亂的夢境中，不斷的哭。

等我清醒的時候，大雨早就停了。那是當然的……應該不會下那麼久的雨。幾乎坐不直，身體的僵硬告訴我，我躺了一段不短的時間。

蚊帳放了下來，可見柏人不在家。隔著雪白的蚊帳，一切的景物都朦朦朧朧。

柏人……去哪了？

嗯，他的確視我為責任、麻煩。大雨之下，他對著幾乎喪失生存意志的我，冰冷的說，「別撒嬌。」

但我昏厥高燒的時候，是他幫我換衣服，幫我蓋上被子，在僅有的幾次清醒中，是他餵我喝水。

我唯一能夠依靠的只有他而已。

正在張皇的時候，我聽到了他在喊我的名字，「林靖。」

試著望出雪白朦朧的蚊帳，我聽到他的聲音，卻看不到他的人。

「……是嗎？林靖不會有後遺症嗎？」柏人的聲音帶著冰冷的金屬感。

「她是個令人訝異的小女孩。」聖叔叔的聲音卻顯得心事重重，「吸血病毒疫苗還在實驗階段。」

「啊，是啊。」柏人心不在焉的回答，「打在她身上似乎沒有什麼副作用。」

「……這樣好嗎？你居然要醫院將還沒臨床實驗的疫苗打在她身上。」

「為什麼不好？」柏人反問，「她若該活下去，就要熬過這個。我不想再殺她一次……你知道同一個人我是不殺兩次的。第一次我沒有子彈，但第二次我也不願意開槍。你應該知道的。」

「……柏人，我叫什麼？」

「呃，不知道。」他回答得很乾脆，「反正你是管醫藥和眼鏡的。」

「我們同事四年，記不住我的名字。但你撿那女孩沒幾個月，你卻記得。」

「林靖的名字好記。」

他們的聲音漸去漸遠，聽不見了。但我知道柏人沒有離很遠，我望著飄蕩的蚊帳，沒一會兒就睡熟了。

張開眼睛的時候，看到柏人正專注的看著溫度計。

眨了眨，真的是他。他回眼看到我，眉毛微微的挑高，「醒了？要喝水嗎？」

我點點頭，吃力的坐直起來，他將我抱到膝蓋上，端了杯水給我喝。渴太久了，我貪婪地大口大口的嚥下。但是喝得太猛的結果，就是嗆到了，大咳特咳了半天，臉孔漲紅，因為太用力，背上都是冷汗，從裡到外，一陣陣發麻發脹。

他一直靜靜的看著，等我喘過氣來，他才問，「還喝嗎？」

我狼狽的點點頭。這次我學乖了，小口小口的，謹慎的吞嚥下去。

這就是柏人，從來不表達他的關切。如果他有小孩，一定不會阻止小孩玩火，反而會把他的手按在火上，在痛楚中用身體記下危險。

忍不住，我浮出一絲苦笑。

等我喝完水，他將我放在床上，拉好被子。「等等我端稀飯給妳吃。」

「柏人，」我叫住他，「你……你讓我打了吸血疫苗？還在實驗階段的吸血疫苗？」

這次，他的眉毛挑得更高了。「……妳聽到了？」

「你和聖叔叔說的話，我聽到了。」我微弱的回答，「我不是故意偷聽的。」

「呵，這是『血暈』。」他拉了拉嘴角，就算是笑了。「我和那個管眼鏡的討論到疫苗，已經開車到山腳下了。」

什麼？我張大眼睛，無助的看著他。「我……我是不是……是不是變成吸血族了？」

「不是。這種現象叫作血暈。人類轉換成吸血族，最安全的方法是在大量失血的瀕死狀態，喝下吸血族的血液。在這種狀況下，人類會用黏膜吸收吸血族的血。運氣好就會轉化為吸血族，運氣不好……就成為病毒的犧牲者。但不管運氣好不好，都會因為這種異族的血產生血暈現象，短暫的擁有極強的破壞力和視力、聽力，甚至是超人似的行動力……」

血暈。

所以我竄出長而銳利的指甲，所以可以徒手撕裂張學長的咽喉。所以我在狂漲的怒氣下，可以殺死吸血族的學長、學姊，而沒有被殺死。

「吸血族的血對人類來說，是一種強烈的毒藥……或說毒品。雖然因為疫苗的關係，妳沒有被感染，但還是陷入假死狀態，造成了血暈。」柏人很平靜的望著我，「因為殘存的血暈，妳可以聽得很遠。把這些血代謝掉，通常就可以回復了……會覺得很吵嗎？」

「什麼？」我有些茫然的看著他。

「如果妳聽得很遠，應該所有的聲音都聽得到。範圍這麼廣闊……不會很吵嗎？」

「不會。」我想了一下，「不會的。」

「那妳聽到什麼？」

「我聽到你喊我的名字。」

他抱著胳臂，深思起來。「真奇怪，的確很奇怪。可以自動過濾集中的千里耳？」帶著霜氣的笑了一下，「我想很快就會消失……但不管有沒有消失，都不要讓人知道。」

我張大眼睛。莫非我會給他帶來什麼麻煩？

「哼。這種天賦只會成為政府的工具，或是紅十字會的工具。」他冷笑幾聲，「不管是哪種，都是工具而已。」

我不懂。我以為他養大我就是要將我送入紅十字會賣命的。「……我聽聖叔叔說，你十二歲就讓紅十字會發掘。」

柏人站起來，將手插在口袋，眼神冷酷。「當時的我沒有選擇。但妳不同，妳還有選擇。」

他轉身要離開，我突然覺得心臟緊縮，一把抓住他的下襬，「不要走！柏人……陪我一下。我不餓，我要你……陪我一下。」

冷冷的，他注視著我，那金屬般的眼神一點感情也沒有。「別撒嬌。」

對啊，別撒嬌。我遲緩的、慢慢的，鬆開了他的下襬。我不該撒嬌的，我太不知分寸。我將自己蜷縮起來，拉起被子蓋住自己的臉。

拚命眨著眼睛，希望眼淚不要掉下來。

床一沉，柏人反而坐了下來。「如果妳要告訴我發生了什麼事情，我倒是可以聽聽看。」

我探出被子，愣愣的看著他。他自顧自的取出菸，「但思考的時候，我要抽菸。介意嗎？」

連忙搖頭。只要他陪我一下，我管他抽什麼，抽炸藥我都隨便他。但是，我該從哪裡說起？

「第一次見到葉學長，是在圖書館。」我低低的開口了。

柏人一直靜靜的聽，沒有打岔。他沒有罵我怎麼不早告訴他，也沒有罵我怎麼那麼莽撞，自己衝了進去找真相。他沒有當我是小孩子。

他一直這麼冷，一點溫度都沒有。但他卻沒有怪我，一直沒有怪我什麼。

等我說完，只能顫抖著閉著眼睛，不斷的流出眼淚。「……我救不到他們。」

他聳聳肩，將原本拿來幫我退燒用的冷敷毛巾，在水盆裡晃了晃，撈起來擰乾，胡亂的擦我的臉，擦得臉孔生疼。

「知道了。」他將外套脫下來丟到我頭上。「愛拉著下襬就拉著吧。我去端稀飯。」

我望著他的外套，哭笑不得。我不懂這個人……這說不定是他最大限度的溫柔。

柏人的手藝普普，不過還能吃。躺這麼多天，一直靠葡萄糖和營養劑維生，能吃點東西就很感動了。他抱著胳臂，看我吃飯。

「妳缺課缺太多了。」他面無表情的望著我，「等好一點，就該去學校上課。」

拿著調羹的手微微顫抖。殺了那麼多人，我能夠若無其事的去上學？我受得了嗎？「學長他們……」

「死了。」柏人靜靜的，「不過不用擔心，誰也不記得他們。」

我愕然的抬頭。他們……被抹殺了？

「集體洗腦是有些麻煩，但也不是辦不到。」他呼出一口煙，「妳看過ＭＩＢ沒有？」

我搖頭。

「很好看的老電影。我也不懂紅十字會的那群老頭想些什麼，還認真的去付諸實現一齣電影的創意。據說是『夏夜』先搞出來的……誰知道那些瘋子腦袋裝啥。總之，已經都收拾過了。」他冷冷笑了笑，「有那種美國時間搞這些，還不如想想怎麼防止這類的事情發生。」

他收拾了我用過的餐具，放下蚊帳。雪白的朦朧中，他的表情看不太清楚。

「睡吧。」望了我一會兒，「妳會好的。妳有種比淨眼更好的才能。所有的悲痛和眼淚都會鎖在心底的盒子裡，然後如常的生活下去，堅持不受影響。妳比任何人都想活下去，這是妳最好、最優異的才能。」

他走了。我突然覺得屋子好大好大。

這樣死皮賴臉的活下去，居然是種才能？柏人就是這樣，喜歡譏笑我……

但他的外套還在我懷裡。這是最後一次，絕對是最後一次。

最後一次，為葉學長哭泣。將臉蒙在外套中，我用力的、嚎啕的哭了一場。

一切如舊。

我回到學校，像是什麼也沒有發生，我們原本的社團辦公室成了學生會的社辦，比起葉學長的抹殺更徹底，連我們之前累積下來的報告和記錄統統消失無蹤。

我去查學術期刊，居然也都不見了。我本來保留著發表我的報告那一本呢……但我知道換了一本全新的，這本並不是原來那一本。

但我什麼也沒說，變得更加沉默。老師同學都很擔心我的身體，因為我瘦得只剩下皮包骨，沒有繫腰帶，裙子可能會掉下來。

我只是笑笑，重複的說，「我沒事。」

看著這群天真的同學老師，我有一點點傷心，他們沒有我想像中那麼安全、幸福。因為偶爾會有人提了一個應該忘記的名字，然後露出迷惘帶點傷痛的神情。不管是好是壞的記憶，他們就是被無情的剝奪了。城南的日子雖然艱苦，但我記得每個人、每件事。就算後來變成殭尸，但在那之前，我們仍有過平凡而共同的回憶。

或許公不公平，並不是那麼表面的評估吧。

這次柏人待在家裡的時間意外的長，整整兩個月，他都沒有出任務，我開始懷疑他是不是被開除了。

他每天送我去學校，接我回家。在我下廚煮晚飯的時候，靠在門口看報紙。吃過晚飯，他會命令我幫忙擦碗，而他忙著收拾廚房。

我寫作業，他在書桌那一頭看書。我看ＤＶＤ，若有興趣他會一起看，不然就帶著耳機聽音樂同時閱讀。

若他要去打靶，會把我拎到地下室，隨便我幹什麼，但就是不可以離開。

晚上睡覺的時候，他的睡相更糟糕了，他會將我連人帶被抱得更緊，還將頭埋在我的頸窩。

過了段時間我才發覺，原來這就是柏人安慰我的方式。

「……你一定交不到女朋友。」忍不住，我沒好氣的說。鬼才察覺得到這種溫柔。零下四十度提升到零度，難道就會溫暖一些？真是個笨拙的男人。

「誰說沒有？」他頭也不抬的拆他的槍。

「請問交往多久？」若是排除他臉上恐怖的黑霧，倒也是個帥哥。

「最長十天。」他承認，「短的……兩個小時。」

我閉上嘴，將額頭抵在桌子上。真是個……零下四十度的笨蛋。

「小孩子問這做什麼？」他面無表情的將我頭髮揉得一團亂，「我告訴妳，妳起碼要十八歲才可以戀愛，在那之前想都別想。學生先把書念好再說，妳的理科都在及格邊緣，跟人家談什麼戀愛？」

……現在我又是小孩子了？「哪有這樣的，一下子成人一下子小孩？標準隨便你訂就對了。」

「沒錯。」他點點頭，「跟我一起生活的時候，我就是規則。」

「……暴君。」忍不住跳起來，「你沒聽過暴政必亡嗎？苛政猛於虎啊～」

他扔出一把小刀，從我耳畔擦過，切斷幾根髮絲，筆直的射入我背後的影子。一小團黑暗捲曲起來，不斷掙扎，看起來很像條黝黑的蛇。

這是一種叫做「含沙」的小精怪，會寄生在人的影子之中，若是被發現，牠會弄瞎對方的眼睛。但這種東西數量很少，不知道柏人又得罪哪路高人，老送這類的雜碎讓柏人練準頭。

「呃，柏人，你得罪的人類比較多，還是非物質……」

「妖魔鬼怪就妖魔鬼怪，什麼非物質生物。」他點了菸，「人類比較多。」他兩條眉毛可怕的蹙緊，像是想到什麼討厭的事情。

我很聰明的閉上嘴巴——家裡開著小店面的子女總是比較乖——然後挪開些，被釘在牆上動彈不得的含沙，失去我影子的庇蔭，發出微弱的吱吱聲，慢慢枯萎、消失。

不喜歡殺生，但有時候非如此不可。我還是拔下銀製小刀，拿了抹布抹了抹空無一物的牆壁。

不得不如此。

＊　＊　＊

柏人注視我好一會兒，即使閉著眼睛，我也知道他在看我。

遲疑的睜開，他望著我，若有所思。「……妳在學校也閉著眼睛嗎？」

「看黑板的時候會睜開。」我垂下眼簾。

「嗯……妳還是希望有眼鏡嗎？」

我希望嗎？之前聖叔叔幫我配的眼鏡，在打鬥後不翼而飛。看不到並不等於不存在，但我還是不想看到。

我依舊看得到灰霧，深深淺淺的環繞在身邊的人身上。這大約是人類血緣非常複雜的緣故，但人類基因這樣強大，幾乎可以鎮壓所有非物質生物的遺傳。只有在很特別的狀態下，才會覺醒。

但有些「同學」卻擁有非物質生物的主要遺傳。他們對我的目光很不安。我知道他們很安分守己，盡量不露痕跡的在人類的規則之下生活。

我的這雙「淨眼」早晚會惹禍。

「如果不麻煩的話。」我小心翼翼的回答，希望別讓柏人知道這些「同學」湧起的不安和殺意，「我的確希望有副眼鏡。」

柏人沒說什麼，只是沉默的開車。

偷偷看他一眼，發現他沒戴著單眼眼鏡。「柏人，你左眼看出去是什麼？」

「比妳看到的稀薄多了，但也夠清楚。」他淡淡的回答。

「為什麼戰鬥的時候，你才戴上單眼鏡？」我一直很納悶，「那不是反而看不到嗎？」

「這是一種公平。」他呼出一口菸，「我太厲害了，若還看得到他們的弱點，那真的太傲慢了。」

瞠目看了他一會兒。所謂人外有人，天外有天，這種奇怪的自信是哪裡來的……

那天放學，我又跟他去紅十字會了。這是我第三次來紅十字會。

正確的說，是「紅十字會駐列姑射群島辦事處」，但這個辦事處占據在城北邊陲，非常巨大而雄偉的建築群，大樓和大樓之間有著空中甬道，圍成一個圓形，圈著像是原始森林的溫室和中庭。

仰頭看不到頂，這沉默的巨城帶著一種莊嚴，伸手向天。

同學曾經傳遞一些大人不准我們看的八卦雜誌，我對那些男女明星的愛恨情仇沒有興趣，不過我對當中的一篇報導記憶深刻。

據說，這規模宏大的建築群，是由已經併入紅十字會的夏夜學院院長所設計的。那位被尊稱為「大師傅」的院長，沒有人知道他的名字，而這建築群是他畢生的心血結晶，即使災變再臨，也不會損壞。

當中當然有些胡說八道和不負責任的臆測，但我對著這個建築群奇特的名字發呆。

這建築群叫做，「巴比倫」。

在這建築莊嚴華麗的門口，裝飾著高聳而奇特的雪白玉石，鐫刻著一行字，誰也看不懂，八卦雜誌猜測，這可能是種強而有力的符文。

但文字，就是我的範圍。我認出巴比倫這三個字，剩下的就不是那麼難猜。大部分的文字都有其規律存在，雖然當時的我，並不知道那是遙遠中國已經湮滅的金國文字，但我還是看懂了。

上面寫著：「即使天懲，依舊要在巴比倫上，載歌載舞，走向末日。」

這我可不同意。為什麼一定是末日？難道就不可能新生嗎？

柏人看我注視著碑文，眉毛輕輕的皺了一下。「走吧。」他推了我一下，無禮的。「還想要有選擇，就不要露出那種有興趣的表情。」

「我已經選好了。」我有點生氣的反抗，「我將來要當社工啦。」

他瞪了我一眼，「妳高興就好。雖然是非常迂迴的路……太慢了。」

「要快就什麼都不要管啊。」我突然被激怒，「統統殺個精光，放把火消毒一下更好，就只留一些最健康、最沒問題，可以吃飽穿暖的人啊，反正人類繁衍得非常迅速……這不是最快的道路？也不用花大力氣重建了，也不用管什麼社會福利……」

「我倒沒想過，這是個好主意。」柏人摩挲一下下巴，「但我不喜歡。」

白癡。我忿忿的想。真是個只知道殺殺殺的白癡。

同樣走在錯綜複雜的甬道、天橋，上上下下爬完樓梯搭電梯。我依舊暈頭轉向，但比較有閒暇張望身邊的人。

我發現，紅十字會的人並不完全跟柏人一樣。還有一些非常普通的醫生或護士，還有更為普通的，以前在貧民窟見過那種，胸口別著名牌，定期家訪和照顧無依老人的社工人員。

我對閱讀這件事情不能說是天賦，而是一種痴病。據我媽媽說，我剛學會走路，家裡幾乎沒有書籍，我就搖搖晃晃的走去翻電話簿。她覺得連話都還不會說的小孩這樣煞有其事，非常有趣，便隨手畫了一豎，告訴我，那是「一」。

我瞪了她很久，張開嘴，說，「一」。然後咯咯的笑，指著電話簿裡的數字，正確無誤的指點，喊「一」。

在我學會叫爸媽之前，我先學會了「一」。

這種天賦很折磨人，即使我看完了整本電話簿，家裡所有記載文字的紙片，還是餓得難受。這種飢餓隨著年紀增長，越來越熾熱，學校的課本完全不能滿足我，每週末開來社區的「行動圖書館」就是我最重要的糧食來源。

當時開車的是個臉孔圓圓、下巴有幾顆青春痘的社工姊姊。她後來私自借我很多書，這是違反規定的，但她只把食指舉在唇間，叫我別說。

她一直樂觀、快活，充滿勇氣。沒在貧民窟生活過，是不能了解那種生活的。我家開早餐店，即使大部分的收入都拿去給幫派和警察祈求平安，但在飢餓人群中，一家充滿食物的商店，就是一種嚴厲的刺激。

一年我們都得被打劫幾次，大部分的時候，都因為幫派和警察的庇護下安全過關，但依舊謹慎而小心的生活著。

老爸很堅決的要將廚餘和麵包邊扔進骯髒的垃圾桶，因為這樣才不會讓那些遊民為了有的吃而在附近徘徊；但軟心腸的母親卻覺得這樣太殘忍了。

他們常常為了這件事情吵架，老爸總是非常生氣的說，「人都是得寸進尺的！哪天沒有麵包邊，他們會毫不猶豫的宰了妳，只因為妳沒辦法供應了！」

這天，爸媽在吵架的時候，那位社工姊姊滿面笑容的走進來，「麵包邊怎麼賣呀？」

老爸整個怔住，上下打量這位衣著整齊、營養充足的社工姊姊，眼光又轉到她的名牌。

他沉默了一會兒，遞出一大袋的麵包邊，「一元。」

社工姊姊笑笑，從皮包裡拿出一塊錢，「老闆，你真好心，謝謝。」

後來老爸都把麵包邊放在冰箱裡，每個禮拜社工姊姊來，就將那重得幾乎提不起來的麵包邊交給她帶走。

當時我還小，不懂。現在我明白了。在城南，每個人都生活得很艱辛，連我勞苦的爸媽也不例外。他們有他們的不得已和不忍，但他們也有他們小小而卑微的善良。

社工姊姊也知道發放食物的危險吧？但她還是每週開著「行動圖書館」，並且將麵包邊發放給腸胃和精神同樣飢餓的人群。

「我想成為那樣的社工。」我跟柏人說，「一點點就好，只要有一點點改變就好。」

那位社工姊姊，最少改變了我。

「啊，妳高興就好。」柏人打開門，「到那時妳已經超過二十歲了。」

我聳聳肩。

第五章

現在我對這個地下室比較熟悉了。

阿默抬頭看到我，瞪大的眼睛滿是驚恐，將書一拋，快速得像是一條蛇般，滑溜的跑個無影無蹤。

「真是的……」依舊充滿強光的聖叔叔搖頭，「這傢伙……頭回嚇破膽了。嗨，林靖，好點了嗎？」

我點點頭，打了招呼。除了聖叔叔，其他叔叔雖然沒像阿默那麼誇張，還是很不自然的將臉別到旁邊去。

上回我真的是太熱情了，嚇壞這些叔叔們。

「林靖的眼鏡沒了，幫她配一副吧，那個誰……」柏人將我推到聖叔叔面前，「看要多少錢……」

「反正材料是公家的，我現在也沒有事情。」聖叔叔招呼我，「過來吧，林靖，我看看妳的眼睛。」

柏人點了菸，才剛吸一口，旁邊的小房間霍然打開，裡頭一個個子小小、鼻頭圓圓的男人（男孩？）探出頭來，「柏人～我打了幾十通手機你怎麼不接?!快來！天哪，真不敢相信，管狐沒有絕種欸！你來幫我看看是不是？我怕又是山蚓的變種……比我初戀的時候還忐忑啊～」

「那個誰……」柏人問聖叔叔，「那個又是誰？」

聖叔叔萬般無奈的看著他，「我是聖。那個大呼小叫的是獵人孟奇。」

「我知道他是養動物的。孟奇？這名字好奇怪啊……」

「你上次也這麼說……不對，你這四年來都這麼說。」聖叔叔用手扶著額。

孟叔叔跳出小房間，一把拽住柏人的手臂，「快來！還聊天呢……管狐啊！是管狐啊～名列絕種名單的管狐啊～」

「啊你不是養了犬神？要放生？」柏人還是那樣冰冷，卻任憑孟叔叔拽著走，「你差點被吃掉才養起來不是嗎？現在要換被管狐吃掉嗎？」

「我當然不會拋棄小狗狗！」孟叔叔叫了起來，「他才不會那麼小氣，不過是多隻管狐……哇～你們在幹嘛？不要打架！」

他把柏人拖進去，用力的把門關起來。可能是震動過度，門口掛著的「危險實驗生物，禁止入內」的招牌啪的一聲掉在地上。

管狐？犬神？這個孟叔叔是……

「上回妳來沒瞧見。」聖的語氣淡淡的，帶著一點點寵溺，「孟奇是豢龍氏後代，養那些……」他遲疑了一下，「『寵物』是他個人的興趣。」

很好，豢龍氏。這個特機二課到底啥怪物還沒有的？

來了幾次，這個特機二課，位於一個很大的地下室。坦白說，這是個混亂的地方。門口擺了幾張破爛的沙發和茶几，沒事幹的課員會在那兒看書或打撲克牌，但裡面……

有的只是隔間，裡頭的人緊張兮兮的和一堆電腦與電線奮戰；有的不斷埋頭疾書，拚命講著電話；我勉強知道那邊是文書區。

有的則是一個個獨立的房間，有的很大，有的很小，但門口總是會掛各式各樣的警告。其實就算沒有警告，我也不想開門進去看。光是門縫漏出來的可疑氣體和亂七八糟的光線，就讓人寒毛直豎，我是不會想去尋訪地獄的。

聖叔叔的工作室可能是這團混亂中僅存的整齊。他的工作室在地下室的盡頭，儼然是個小型醫院。事實上，他也負責急救和藥品開發，必要的時候，他甚至得負責一些非常奇怪的手術。

他的工作室和他的人一樣。整齊、清潔，帶著嚴厲的嚴肅。他幫我檢查眼睛，並且挑出合適的器材，開始打磨鏡片。

從我這雙被咀咒的眼睛看出去，聖叔叔的臉孔籠罩著強烈的光，讓我看盡黑暗的眼睛有點暈眩，帶著白花花的幻影。但戴上眼鏡以後，聖叔叔是個英俊強健的人。他大約一七八公分，或者更高。有著深褐色的眼睛和髮色。臉上留著整齊的鬍鬚，修剪得整整齊齊，綁著小馬尾，不是那種健美先生誇張的肌肉，只有在使勁時，會看到優美的肌肉線條。

這麼說來雖然奇怪，但我總覺得聖叔叔和柏人有點像……當然不是五官。而是氣質上非常相對卻也非常相像。只是一個是純白的光，一個是絕對的黑暗。

但本質上卻有種奇怪的雷同。

他磨著鏡片，姿態是那樣輕柔。對了，柏人在保養他的槍時，也流露那種幾乎可以說是柔情的姿態。

「吃太少了，嗯？」他一面磨著鏡片，一面觀察我的神色，「我開給妳的鐵劑吃了嗎？等等我拿一些給妳，最近還會頭暈？妳還是有些貧血……」

「……聖叔叔，」我決定還是問一下，「我真的沒有變成吸血族嗎？」

他凝視著我，「的確沒有，因為妳打過疫苗……」

我大大的鬆口氣。「還好……不然聖叔叔會討厭我吧？」

他張大眼睛，愕然的看著我。「……為什麼？妳怎麼知道……」他的臉孔越來越蒼白。

我又在無意間看到什麼不該看的嗎？我不想觸怒他，畢竟他一直待我和善，我幾乎會誤解成疼愛了。

躊躇了一會兒，我低低的說，「聖叔叔，你是基督徒還是天主教徒呢？」

我以為他望著我，結果我發現他的目光穿透了一切，停在很遙遠的虛空。

我失言了。心裡真是懊悔不已。災變之後，所有的宗教都失去了重量。封天絕地，神明拋棄了人間，倉皇失措的信徒，也紛紛拋棄了神明。大部分的人都是無神論，信仰成了一件可笑而落伍的事情，甚至成了罵人的話。

怎麼這樣不用腦筋的問這種問題？在這種難堪的沉默中，我恨不得咬掉自己的舌頭。

好一會兒，聖叔叔恢復常態，繼續磨著鏡片。「都不是。但我的確有信仰。」

「……嗯。」我不敢多說什麼，怕又惹禍。

「妳怎麼知道的呢？」他淡淡的，但我察覺到那一絲壓抑的警惕，「柏人告訴妳？」

「……不是。」那隻會走路的冷凍庫怎麼會告訴我？「聖叔叔……我被『轉化』，幾乎醒不過來的時候……我想到你說的話，才醒過來。」

深深吸了口氣，直視他嚴厲的眼睛，「聖光與你同在。」

「……是嗎？」他繼續打磨鏡片，手指有著輕微到幾乎像是錯覺的顫抖，「是的。原來光還在的。」

他的微笑漸漸的深了，卻落下幾滴眼淚。

我完全被嚇到了。我一直覺得男人哭是件很娘的事情，我老爸一直是個剛正嚴肅的人，一輩子沒掉過一滴眼淚。學校的男同學如果哭哭啼啼，我會很尷尬，因為我都很少哭了。

但聖叔叔的眼淚……怎麼說？我覺得那是真正男子漢的眼淚。好吧，這樣說很俗氣，但我找不到更好的名詞。

只是我不知道眼睛該放在哪兒好，只好顫顫的掏出我的手帕給他，將眼睛轉開。

過了一會兒，聽到他深呼吸的聲音，我才偷偷看他，他恢復常態，專注的打磨鏡片。我才剛鬆口氣，打算裝作毫不知情，他卻說，「手帕等我洗好還妳吧。」

「……嗯。」我比他還尷尬多了。

他弄好了眼鏡，讓我試戴，調整一下。「兩天後回來看看，有什麼不舒服要告訴我，嗯？」

「好。」我點頭，匆忙把眼鏡戴上。真是令人心安的平靜景象。

他像是研究似的看了我一會兒，「妳想過聖光是什麼嗎？」

「聖父聖子聖靈三位一體？」我小心翼翼的問，「但是坦白說，我沒仔細去想過……或許是聖叔叔身上的強光？」

他笑了。「來吧，我帶妳去一個地方。」

打開一個門，居然是向下的樓梯。不會吧？這個大地下室還通更下面的地下室？「……這是螞蟻王國嗎？」

「是有點像。每個工作是都有屬於自己的地下一層或二層。」他打開電燈，「來吧，這是我的……『祈禱室』。」

他打開地下二樓的一個房間，是個純白的房間，鑲著彩色拼花玻璃，一束光打在地毯上，迎面是條破舊的十字架項鍊。

白牆上什麼都沒有，就是一條很小的項鍊。

我抬頭望著光，突然領悟到這是自然光。用一種特殊的方法在管道反覆折射，將外面的光源引進，而不是使用太陽能儲電的燈泡。

沐浴在光中，對著十字架祈禱嗎？

「……我這一生，很像是個笑話。」聖叔叔緩緩的開口，「一切都是種悲劇的誤解。所以我曾經很仰賴聖光，也曾經背棄過聖光。」

他緩緩的在小地毯跪下，仰望著十字架項鍊，然後輕輕的吻他帶在身邊的一把小短劍。

「一直到柏人來到這裡，告訴我，我的光亮到很難逼視。我才知道，我背棄聖光，但聖光從未背棄我。」

聖出生於災變前。災變時，他才六歲。被埋在瓦礫堆中長達二十幾天。被挖出來的時候，他帶著項鍊，一隻手緊握著一卷紙，另一手緊緊握著另一隻手——或說，一隻斷臂。

「爸爸在這裡呀。」他指著瓦礫堆中的斷臂，「爸爸，看到光了。爸爸，你不是說看到光就可以得救嗎？」

彼時，雖然都城精魄保住了列姑射島沒有陸沉，但持續而劇烈的地震卻讓這小島半毀。許多人在災變中喪生，也產生了許多災變孤兒，聖是當中的一個。

當時只有六歲的他，因為展現了治癒的才能，讓紅十字會收養了。擁有觸摸就可以止血療傷的天賦，卻沒辦法對付自己的失憶。他想不起自己的父母，也不知道非東方人的他為什麼會在列姑射島。

他僅留的只有父母親的遺物，一條十字架項鍊和一捲寫滿了字的紙。他常看著那幾頁殘破，然後長久的凝視十字架，這種時候他會特別平靜。

「那幾頁似乎是手寫稿，關於聖騎士的歷史、傳承和信仰。災變後整個世界被毀了大半，文明像是個精緻而脆弱的瓷器整個瓦解。在我十一歲的時候，電力和網路還沒完全恢復，恢復的部分也以救災重建為優先。那時已經沒有什麼人有信仰這回事了，當時我也還小，一直都很努力的看這幾頁殘稿，並且相信成為聖騎士，依循聖光而行，是我的使命。」

聖嚴正的長大，心力交瘁的紅十字會對待他們這群有才能的孤兒，施以特別的訓練和教育。他莫名的信仰和對邪惡的強烈厭惡也常遭同儕的嘲笑，但他依舊認為那是他的使命。

他成為一個優秀的工作人員，不管是驅除邪惡還是治病救人，都有優異的成績。相信聖光，聖光似乎也同等的回報他的信任。

「直到我知道真相。」聖笑了一下，聲音很冷。「等我知道真相，我就逃出紅十字會了。」

紅十字會都有工作人員的詳細資料。聖無意間發現他的資料居然是密件，需要高層同意才能夠公開，這讓他很驚愕。

這疑惑讓他日夜不安，最後他還是設法侵入資料庫，打開了潘朵拉的箱子。

「妳知道《龍與地下城手冊》嗎？」他淡淡的問。

「呃……桌上角色扮演遊戲？」我在社團的時候曾經搜尋到這份資料。簡稱TRPG，《龍與地下城手冊》算是最經典的規則手冊，但也可以自己編纂內容，列出相關規則和劇本。

「沒錯。」聖又笑了，慘澹的，「我手上的遺物，那幾頁殘稿，是我父親寫的遊戲規則手冊。我一直信仰的聖光、聖騎士的天命，統統都只是遊戲的一部分。更糟糕的在後面……」他頓了一下，「我並不是崇高的聖騎士，我正是我最鄙視的諸般『邪惡』之一。」

他凝視著十字架，「我有神敵的血緣。我是墮落天使的後代。」

睜大眼睛，我不知道該怎麼回應他的坦白。在那個瞬間，他的世界毀滅了嗎？但聖叔叔的手很輕很輕的在顫抖。

怯怯的，我將手覆在他的手上面。

他看著我的手，輕輕的笑，「妳的手……真小，但很溫暖。」

陷入往事，像是越過時光長流，注視著那個年輕、憤怒、劇痛，堅信的世界崩毀，因而手足無措的年輕人。

「我覺得我被命運開了一個殘酷奸險的玩笑。一切都只是誤解而已，什麼聖光……都去死吧。我逃出紅十字會，也因為我對紅十字會的運作和警戒系統非常了解，所以一直半嘲弄半自虐的和追捕者競賽。同時墮落……用非常快的速度。」

頓了一會兒，他抬頭望著十字架，「搶劫、吸毒、鬥毆，和女人……靠女人……」

「我懂。」不知道為什麼，我覺得很不忍心，非常非常。含著淚，我握緊聖叔叔滿是傷疤的手。他的手好大，但縱橫著白色的疤痕。他的心也是嗎？「我出生在紅燈區……我看過許多阿姨和叔叔來吃早餐。」

被男人賣進妓院，在男人身上賺錢，然後相信一些男人甜蜜的謊話，把錢花在那些男人身上。我對語文的天賦在這種地方成了折磨，我因此太早知道一些醜惡和恐怖。

「好，我們不提這個。」他蒼白的臉孔恢復鎮靜和嚴肅，「總之，我用一種飛快的速度墮落了。我以為我會覺得快樂……但事實上只覺得更污穢。渾渾噩噩過了一天，覺得胃裡塞滿了垃圾……但我還是這樣，像是惡夢般，度過了十年。」

後來遇到她，一個叫做杜安的社工。

「她不是紅十字會的，而是民間自發性的團體。我瞥見過她的一條手環，不禁啞然失笑。她居然是個天主教徒。我覺得她愚昧而可笑，被神明背棄的末世，她居然還有信仰。常常在破落的貧民窟遇到她，我不是嘲弄她，就是唾罵她，但我也跟其他人渣一樣，沒辦法對她怎樣。」

聖的眼神迷離，帶著一種迷茫的幸福感。「有的人生來就帶著光，無須妳這樣的淨眼就看得到。她是那樣乾淨、沉穩，一戶戶的拜訪，對怎樣的恐嚇和威脅都視若無睹。在濁世中，看到這樣純淨的勇氣是多麼希罕……比什麼珠寶都耀眼、珍貴……」

直到那一天。

聖被委託去當保鏢。據說某個黑幫老大弄到一隻吸血族的女巫，怕出意外，希望聖去戒護。

他去了。

然後看到人性最醜惡的一面。他們正在虐待鞭打一個幾乎不成人形的女人，說是要激怒她，好讓她快點變身為吸血鬼。

「人類血統很複雜，但是異族的血統通常都在強悍的人類基因之下沉眠。但有時候，擁有相同異族隱性基因的父母，會生出異族顯性基因的子女。但通常都終生像是人類，沒有覺醒。」聖的聲音低啞，「有的人類……會去搜捕這些未覺醒的人，像是珍禽異獸一樣豢養起來……」

那個他們說是吸血族的女人，就是天主教徒的杜安。

聖殺掉了場上每一個人，像是隻發狂的野獸。他們居然在他崩毀的世界中，弄髒了唯一純淨的存在。

胸口中了一槍流彈的杜安，流著血淚，唇角的虎牙閃閃發光。她伸手給聖，「……我，很可怕嗎？怎麼辦？我不知道我居然是……」

聖握住她的手，心臟緊縮，像是中了致命槍傷的不是杜安，是他。「妳是我見過最聖潔的人。妳是神留在人間的遺愛，妳是、妳是沒有翅膀的天使……」

杜安虛弱的笑起來，又流下一串血淚，「但我……我是吸血族……我……我……」

「人有形形色色，最好和最壞，吸血族當然也不例外啊！」聖大吼起來，「邪惡不是用種族來區分的！」

杜安看了他一會兒，虛弱的扶著他的臉，「聖，不要哭。你怎麼……一直在哭啊……在心裡不斷的哭啊……」

神啊，聖光啊……請不要背棄她，背棄你們的使徒啊……

「願聖光，與妳同在。」他低低的禱告，並且將手放在她染滿血的胸口上。

* * *

等我驚覺的時候，我已經淚流滿面，連鼻水都跑出來了。真是太醜了。

聖含著淚，卻在笑，很開心的那種笑。「她沒有死。她居然活了下來……那時我模模糊糊的想，聖光可能沒有背棄我。祂拯救了我最重要的人。」

他靜了一會兒，「她也忘了那段可怕的經歷，到一家孤兒院工作，後來和孤兒院的院長結婚。很辛苦，但她依舊笑得很燦然，像是最聖潔的存在。」

於是聖回到紅十字會，下放到特機二課，被別人笑是清道夫的怪物單位。

「妳看到的這些課員，幾乎都是混血兒。本來都是我強烈厭惡的邪惡後代。」

聖平靜下來，「但邪惡，不是用種族來分的。」

聖呼出一口氣，「但我還是不知道聖光是什麼。我一直很迷惘，掙扎於祈禱和不祈禱之間。但是柏人看得到，妳也看得到……我背棄祂，祂卻沒有背棄我。」

「我也不清楚……」我低下頭想了想，「對我來說，聖叔叔就是聖光。在黝暗中看到的是很嚴厲很火燙，但也是非常明亮的光喔。我想，就像你看著杜安阿姨一樣吧……」

他安靜很久，像是大大的鬆了口壓抑痛苦的氣。忍不住，我緊緊握著他的手，感受他那幾乎有些痛楚的光。

後來他帶我出去，一直若有所思。偷偷看著他，思索為什麼要告訴我這些隱私。

可能因為我還是個小孩吧。告訴誰似乎都不對，但他需要傾訴，需要有人幫助他肯定聖光存在。

「兩天以後回來讓我看看。」他開口了。

我點點頭。

緊接著，他又說，「妳好好考慮一下，要不要跟我一起思考聖光到底是什麼。如果妳不嫌那只是命運惡劣的玩笑和誤解……要來跟我一起走向聖騎士之路嗎？妳未必只能看著黑暗，也可以一起看著光。」

聖騎士？我嗎？我真的吃了一驚。

「……我會想想的。」

我想要跟從聖學習嗎？

這兩天，我一直在思索這問題。即使是社工，在充滿危險的貧民窟，還得有點自衛的本領吧？我知道紅十字會出身的社工都會有特別訓練課程，但絕對不會超過這群妖魔殺手。

跟柏人生活這段時間，我知道他不是不願，而是不能。他或許非常厲害，但天生不是老師的料子。

我跟聖可以學習很多，而且，看遍黑暗之後，我也想注視著光亮。

但要怎麼說服柏人幫我辦通行證？紅十字會又不是電影院，隨便就可以進出的。光看他那繁複的認證程序，申請通行證可能更複雜困難。

要去調整眼鏡的時候，我鼓起勇氣，在心裡準備好說服他的理由，「柏人，我想跟從聖學習。」

「聖？誰？」他一臉茫然。

他的人名健忘症真的很嚴重。「有光的那一個！幫我們做眼鏡的……」

「哦，他啊。」柏人發動車子，「好啊。」

「我想學一些防身的本領，你又不會教，你不要一下子就說不好……」欸？等等，他說好？

「好啊。他滿會帶小孩的。」柏人點了根菸，「明天我幫妳辦通行證。不過，這就是妳的選擇嗎？」

別人可能聽不懂，但我聽得懂。如果辦了通行證，常常往紅十字會去，我很可能會被紅十字會網羅。

但又怎麼樣？能當紅十字會的社工，離我的願望就更近一點，而且學雜費紅十字會會幫我出。

「對，這就是我的選擇。」

結果我長篇大論的說服完全沒用上，這個冷冰冰的監護人，居然一切照辦。

於是，當柏人出差的時候，下課我就往特機二課跑。若聖沒有跟著出勤，就會跟我一起祈禱，學著怎樣引領自己的光，和堅定自己的信仰。更多的時候，聖教我用劍。

他很奇特的，只用一把又闊又長的劍，和習慣使用槍械的其他同事不同。他也弄了把小一點的劍給我，但拿在我手裡，還是挺沉的。那把劍拄在地上，護手在我的胸下，你就知道有多大把。

「柏人很疼愛妳。」我笨重的練劍時，聖這樣跟我說。

「吭？」一個不留心，差點削掉我自己的指頭，「你說什麼？聖叔叔，那隻冷凍庫真的知道『疼愛』是什麼嗎?!」

他只是笑。

聖叔叔一直擁有信仰，哪怕是命運的玩笑，但他還是堅定的懷抱聖光。所以他相信溫柔啦、疼愛啦，這些溫暖的情感。

柏人？拜託，他只是把我看成一個很大的麻煩而已。他冷冰冰的瞳孔還是泛著金屬的光芒，即使笑也是嘲諷的冷笑。

就像現在，我在家裡練劍，他也抱著胳臂，冷冷的笑。

「妳這是什麼？」他挑剔著，「東洋劍術？西洋劍？太極劍法？我看妳最擅長的是椅子腿。」

「……武功有一蹴即成的嗎?!」我真的有幾分惱羞。

他聳聳肩，將手插在口袋。「好啦，我要出差了。」

一個不留神，我把劍摔在地上。俯身去撿的時候，我覺得眼眶有些發熱。

「要……要小心喔。」

「我很少犯錯。不過人生總有意外。」他收拾著行李，「別擔心，如果我有意外，那個發光的傢伙已經答應收養妳了。」

我好像整個人都被泡進冰水裡，全身被冷汗溼透。什、什麼嘛！

「才不會有這種事！」我失控的尖叫起來，「你會平安回來，聽到了沒有?!你是我的監護人，你說你要監護我到二十歲的！還有七年欸！你、你……你不可以丟下我不管！」

他看著我，金屬似的瞳孔泛出一點點的困惑。「……他會是個好爸爸。他不抽菸、不喝酒，是個軟心腸的好傢伙。妳幹嘛不要？妳也很喜歡他呀。」

緊緊握著劍，我真想衝上去劈他的腦袋。

但為什麼不要？我突然迷茫起來。聖是個好師傅，我也知道他很疼愛我。雖然他總是堅守一種奇妙的禮節，一絲不苟，但他總是對我抱著寬容的溫柔。跟他生活一定很幸福。

更像一個家，一個溫暖的家。

但……但是……那個大雨滂沱的夜晚。那個靈魂和肉體浸得溼透的夜晚。柏人對我說，「跟上來，別撒嬌！」

他陪我淋雨，等我跟上來。他從來沒有嬌寵過我，但他一直默默的等我，跟上來。

「我不要。」我把劍一丟，衝到他懷裡，很固執的抱著他，「不要！不要！不要！我要你回家，我就是要跟你住在一起！我就是要！我就是要！我……我會煮飯給你吃……平安回家來，我等你回家來……」

一直自詡成熟堅強的我，第一次哭得像是個嬰兒。

他兩隻手都插在口袋，沒有抱我，緊繃著。「……好啦，吵死人了。」他掏出手帕，胡亂的在我臉上亂擦，臉孔生疼。然後抓著我後領，扔到沙發上。

「知道了。」他頭也不回的提起行李，揮了揮手，「出差回來，我要吃紅燒獅子頭。」

這道菜我不會煮，但我會學好。「一定喔！一定要平安回家喔！」

「哼，知道了。」他打開門走出去。

不知道是不是我的錯覺，他似乎露出一個淡淡的微笑。

第六章

柏人結束了長達兩個月的假期，出差的時間更多了。

後來才知道，因為我那場大病，他把所有的年假都請出來，還軟硬兼施的和課裡每個人換了假，榨出那麼多時間，只是要照顧我而已。

他真的是個笨拙得要命的電冰箱。

「就責任啊。」他一面吃著紅燒獅子頭一面搖頭，「一個人一生當中真的不能犯下太多錯誤……」

白了他一眼，低頭繼續吃飯。

不過，我也學得謹慎一些。因為我不想發生類似的事情，死了就算了，但會拖累到柏人。

雖然缺課這麼多，還是平安的升上國三。據說升上去的主因是國文老師的力保，而且還出示醫師證明，這才讓我參加期末考。

覺得我真是個幸運的人。遇過這麼多磨難，但身邊的人卻都這樣溫暖的照應我。

「妳想太多了。」同學沒好氣的回我，「國文老師只是希望妳幫他弄教案。」

「弄那個又不麻煩。」我聳聳肩，「他喜歡就好了。」

文字就是我的範圍。反正他把資料找好，我就有本領把那些亂七八糟的資料串起來。花一點點時間，讓他高興，考績升等，有什麼關係，而且他會把我的名字列在助手名單，真的沒差啦！

而且，請我幫忙弄教案的又不只他一個。其他老師都沒說話，他卻願意力爭，我已經感動得想哭了。

聖叔叔聽我說這些，朗聲大笑。「不錯，靖，信仰對妳有好的影響，雖然方式有些怪異。」

我的確虔誠的崇拜聖光。但我覺得聖光不是什麼神明吧？而是稀微溫暖的善良。可能很微弱，可能不能動搖世界的衰頹，但一點一點的在這漫長如黑夜的末世中，像是星光般閃爍。

聖叔叔和柏人都出任務的時候，我轉向其他叔叔學習。習慣我的存在以後，他們用不耐煩掩飾害羞，粗魯的教我一些有的沒有的。

第一個願意教我的是孟奇叔叔。他的工作室不只地下三層，中庭的溫室也養了一堆「寵物」。他是獨立的獵人，跟他出任務的就是那一大票奇模怪樣的寵物。

他特別喜歡蛇和龍，所以對阿默特別的有愛心。只是阿默看到他跟看到我一樣，我們兩個一出現，對他來說不是加倍的災難而已。他總是狂呼著奪門而出，一面痛罵不已。

「……這隻螭龍不好嗎？」孟叔叔困惑的看著兩公尺高、活潑好動到拉不住的「大蜥蜴」，「阿默不是不想交人類的女朋友？不試試看螭龍的女朋友嗎？」

……我知道阿默是「特裔」。但我不知道蛇妖特裔會喜歡螭龍啊……

災變後，紅十字會為了便於管理，所以在各國身分證上面加了一個標準，分為「裔」和「特裔」。

因為人類血統非常複雜。而災變之後，所有「力」的流向因為天柱折毀而紊亂。之所以沒有毀滅，是因為無數的眾生和人犧牲自己，結成一個叫作「地維」的網，穩住了力流。

但這後天形成的地維還是有許多漏洞，所以時時有力流混亂的小規模災難，名為「力流風暴」。這種災難會使人類強大的基因衰弱，讓「覺醒」的情形層出不窮。

所以才有了這種標準，監控「覺醒」不要突然爆發。這與其說是保護人類，不如說是保護異族混血兒。災變雖然有官方說法，但是人類的恐懼卻把妖族和神族掛鉤，認為這些異族是天柱折毀的幫兇。

異族和眾生的衝突不斷發生，純正的妖族隱匿在人群，不肯去登錄身分，反而沒事，真正倒楣的是這些不幸覺醒的混血兒。

通常在出生時都會做篩選，「裔」的名冊是祕密，紅十字會通常會特別施打疫苗，控制裔的覺醒。但有一些控制不住、或三代親內是純正眾生的，就屬於「特裔」。

特機二課幾乎都是特裔，而且都是兇惡之徒的特裔。只有很少數的例外，像是孟叔叔，他是豢龍氏後代，侍奉聖獸的世家。說什麼他都要待在特機二課，也對所有人抱持著特別的友愛。

但我沒什麼感覺。習慣他們天生帶來的黑暗之後，我發現，他們也擁有著善良的光亮，只是被偏見和憤怒蒙蔽了。

最少混熟了以後，他們很疼愛我。隨便我亂翻他們的資料，亂學他們的專長。連阿默後來都把他的蛇鱗串成手鍊送我。

「嘖，別亂親，有口水啦～超噁心的……」他不自在的抱怨，卻默默的忍耐我的親暱。

後來我才發現，我成了特機二課的小孩。

雖然有這麼多叔叔願意教我，但我也不得不承認，我是他們口中的「死老百姓」。

除了淨眼和語言的天賦，我的體能一塌糊塗。我的槍法勉強在及格邊緣，劍術頂多可以表演唬人，治癒是一點都不會，法術是半點天分也沒有。

「……啊，我去偷些吸血族的血給妳喝好了。」阿默說，「我聽說妳的血暈很強烈。」

含淚看著他，其他叔叔也沉默的瞪著他，他搔搔頭，粗聲粗氣的把頭別開，「開玩笑都不行喔？」

更讓我沮喪的是，我幾乎接下整個文書區的工作。因為這些大腦只長肌肉不長腦漿的叔叔們，連悔過書都寫不好。

沒錯，文書區最重要的工作是寫報告和悔過書，卻只有兩個苦命的叔叔在埋頭苦幹，一個是管電腦和網路的一郎，另一個是應付各部門抱怨的駟貝。整個特機二課像是問題兒童集散地，每出趟任務就有逾尺的報告和悔過書要寫（聖叔叔是唯一的例外），這些問題兒童哪裡肯動，統統丟回文書區去煩惱。

但我要說，他們的文筆真的令人難以恭維。

實在看不下去的我，幫他們修改報告和悔過書，居然可以大事化小、小事化無，讓他們感動得哭個不停。

……嘖。

「我是來學防身的本領欸。」一面敲著鍵盤，我一面發牢騷，「怎麼是來這兒當義工……」

為了讓我甘願點，一郎和駟貝討好的送了我不少「小玩具」……都是還沒安檢通過的「發明」。這些小玩具大部分的時間都很安全……除了有回爆炸，差點燒掉文書區以外，倒是沒發生太大的災難。

就是那回爆炸，阿默怕我被他們把命給玩沒了，才送了我那串可抗火的蛇鱗手環。

也因為我實在太「死老百姓」了，這類危險的玩具常常送到我手上，坦白說，我只能苦笑著收下，暗暗發誓，除非命在旦夕，說什麼也不能用這種搞不好會核爆的禮物。

但我也的確是被疼愛。我猜想，因為他們陰暗的氣質，特殊的工作，實在很難讓人接近，他們也因此更封閉自己。對自己的陰暗憎恨，同時也憎恨有相同氣質的同僚。對於光亮的同僚，他們會迴避，因為羨慕會擴大成忌妒和厭惡。

我不怕他們。而我……是看得到他們本質的人，這說不定是種新鮮的感動吧？

當然，我說不定猜得不對。但我喜歡找他們講話，看他們手底下有趣的實驗，聽他們的故事。我也喜歡他們寵溺的看著我，粗聲粗氣的把一些可能會爆炸的玩具塞給我。

「回家了！」柏人滿臉疲憊的喊，「都快十二點了，妳功課寫了沒有？」

「早就寫完了。」我趕緊抓起書包。何止我的功課，今天我起碼整理了三份報告和七份悔過書，超過我的功課不知道多少倍。

我抓著他的衣袖，淡淡的消毒水味道襲來。他這次的出差可能是「清理災區」。「柏人，你吃了沒有？」

「那麼早回來幹什麼？」一郎抱怨，「小靖又要好些天不見蹤影了……我會很想她欸……」

「你是想她幫你弄報告吧。」柏人把我往前推，「她才十二歲，你丟不丟臉啊？」

「什麼十二，我十三快要十四了！」我對著他叫，「你怎麼老記不住我的年紀？」

「我餓死了，回家吧。」他拎著我，不顧其他叔叔的抗議，大踏步的走出紅十字會。

很餓嗎？我可是有準備呢。我想，昨天滷的那鍋滷肉派得上用場了，早上我也煮了一小鍋飯，還在冰箱裡頭。

給聖叔叔當小孩可能很不錯，但柏人沒我是不行的。我不在，誰弄飯給他吃呢？

「很晚了，我只炒個青菜弄個湯喔。」

「隨便啦。」他依舊面無表情，握著方向盤，「泡麵也很方便啊。」

我對他做了個鬼臉。

* * *

我的國三生活，就在波瀾不驚中度過了。

滿十四歲不久，就是我的畢業典禮。那一天，柏人要出差，卻破例打了通電話給我，跟我說，他沒空來參加。

「……幹嘛來參加？」我吃驚了，「我直升高中欸。」這個貴族學校有國中部、高中部、大學部。雖然我的理科都在及格邊緣掙扎，但文科成績讓我輕鬆進入高中部的文組。「高中就在隔壁而已，你來參加做什麼？」

「也是啦！」連再見也沒說，他就乾脆的掛了電話。

真不懂這些大人想什麼……

等畢業典禮開始，我張大眼睛，一陣陣發暈。

我說過，我像是特機二課的小孩，對嗎？現在更證實了我的說法。

特機二課只要是沒值勤的叔叔，統統擠進了家長席。他們坐在一起，即使有眼鏡隔擋，我還是看到帶著冷氣團的陰暗，校工跑進來檢查幾乎結霜的冷氣。

……你們來幹嘛？拜託，國中畢業典禮而已欸……

他們很開心的對我揮手，西裝筆挺，像是要去參加婚禮或喪禮。

「小靖小靖，他們是誰？」看到我呆滯的跟他們揮手，同學興奮的拉著我直搖，「帥哥集團欸！天哪，好帥喔～」

張著嘴，我不知道是特機二課比較厲害，還是這群麻瓜花痴同學比較厲害。

「……我監護人的同事。」

這是我生平第一次的畢業典禮，也是讓我印象最深刻的畢業典禮。

當然，我很感激，在畢業典禮的時候，他們非常安分，但這安分慢慢的沸騰，焦躁，等我代表班級上去領畢業證書的時候，終於爆發了。

他們又是吹口哨，又是鼓掌、叫好，而且完全沒有常識的喊，「安可！」

……這不是演唱會現場。

我的臉整個發燙，匆匆的和校長握手，連忙逃下台去。腦袋好像有幾千斤，抬都抬不起來。

「……好熱情喔。」我們班上的女生神情很一致的陶醉，「他們有沒有女朋友？有沒有？……」

……別問了。

但你若認為這就是災難，那就錯了。真正的災難還在後面。

不知道從哪兒流傳的復古流行，聽說是最近演的偶像劇吧……女學生會去索取喜歡的畢業學長鈕釦，而且是外套的第二個鈕釦。

這種莫名其妙的流行一點道理也沒有，而且叔叔們也不是畢業生。這群花痴麻瓜女生一湧而上，七嘴八舌的索取他們的鈕釦。

這……這很危險吧？

「喂！妳們不要亂來啊！」我尖叫。

「年輕女孩的氣真舒服呢……」一郎很陶醉的深吸一口氣，露出色咪咪的笑容，在誘拐一個未成年少女。

「一郎叔叔，我不要幫你寫報告書了！」我將那個傻瓜少女推開，惡狠狠的對他說。

他哀怨的到牆角畫圈圈，我繼續想辦法把災害降到最低。

好不容易連哄帶騙，又恐嚇又哀求，盡可能維持住秩序，點來點去，發現少了一個。阿默呢……？危險指數最高的阿默呢?!

我替他寫過上打的悔過書，悔過的內容通常是屍體損毀和人質傷害。當然，他也不是啃很多……就手臂或大腿咬掉一口。

我趕緊拿下眼鏡，看到他在花蔭下，舔著嘴唇看著迷得暈頭轉向、連自己姓啥都不知道的小女生。

「住口！」我氣急敗壞的大叫，「別咬下去，那是我同學啊～」

他鼻子獰出怒紋，「別干涉我處置食物！不然我就吃妳代替！」

……別在我學校鬧亂子，我還想在這兒上學啊！趕緊將他撞開，那個小女生居然還瞪我，大發嬌嗔的問我是誰。

我是誰？我是來救妳這麻瓜的倒楣鬼！

來不及回話，我已經讓暴怒的阿默抓住，他大吼，「吃了妳！」

冷冰冰的聲音劃破這團混亂，「不是告訴過你，林靖是我的嗎？你想死？」……柏人來幹嘛？他不是出差中嗎?!

那個白癡小女生居然雙手緊握，「為了我打架欸……好浪漫喔～」

……說她是白癡，一點都不虧。

在我又哭又叫和聖叔叔的強力干涉下，終於平息這團混亂。我啜泣著，所有叔叔的外套都沒了釦子，連聖叔叔都不例外。唯一外套完整的，只有遲到的柏人。

但他和阿默的臉可不太完整，兩個人臉上都有瘀血和擦傷。

「你們是來幹嘛的啦。」我氣哭了，「還打架……怎麼這樣啦……」看柏人那張瘀血的冰箱臉，越發有氣，「你不是在上班？」

「我蹺班了。反正只是例行檢查。」他掏出手帕亂擦我的臉蛋，「哭什麼？」

「只是想要慶祝妳畢業啊。」聖叔叔拍拍我的肩膀，「他們想跟妳一起照張相而已。」

我愣了一會兒，不太自然的轉過頭，「……我不喜歡照相。」

「因為人會一個個消失？」柏人點了菸，唇角有些血漬。「沒錯，每個人都會消失，生離死別，在所難免。」他將我拽到最中間，「但是，妳還是得照。」

我看著有些不好意思的叔叔們。他們……沒有參加過這類普通人的活動吧？他們興高采烈的換上西裝，忐忑又興奮的來參加畢業典禮，而我……跟他們沒什麼關係，他們卻這樣用心的愛我。

我比之前還想哭，但反而擠出笑容。

後來我凝視著這張照片，這成了我最寶貝的寶物。特機二課的叔叔不太自然的對著鏡頭傻笑，伸出兩個指頭，對著鏡頭說「Ya！」一副傻兮兮的樣子。

我是這群傻兮兮的大叔們一起疼愛到大的。以後不管會消失多少人，我都沒有忘記過他們的名字。

他們都是我親愛的「爸爸」。是我這個貧窮、殺掉親生父親也要活下去的孤女，終生的親人。不是他們的寶貝愛護，我可能早就背棄一切，墜入深淵了。

這是我們的「全家福」。特機二課的全家福。

洗好照片以後，我一張張的發，發到阿默的時候，他不太高興。牽扯到食物，他的反應總是特別激烈。

不過，他還是把照片收了起來，點了點頭，算是道謝過了。

這種奇特的飲食習慣是怎樣啊？翻著他過往的悔過書非常頭疼，他這種渴求血肉的行為其實和其他人都不相同。

但課裡其他叔叔都像是習以為常，我還撞見聖叔叔拿快要過期的血漿給阿默，勸他多少喝一點。

但他並不是吸血族。他的特徵完全是蛇妖啊，每到春秋兩季，他都會特別請蛻皮假，回來的時候皮膚特別光滑，年輕很多。

蛇妖為什麼會這樣渴求血肉？而且他是混血兒呀？

我翻著書，百思不解。

妖族和神魔不同。基於一種奇妙的規則，神魔無法久居的人間，妖族卻可悠游其間。所以妖族跟人類通婚最簡單，雖然大半都是人類的基因占上風。妖族的確也有血腥殘暴的歷史，曾經喜愛吃食人類，但這種獵食，卻不是必要的。比較接近一種誇耀力量的獵奇吧？因為不吃人類，妖族也是活得好好的。

當然有吸食人氣的妖族，或者是飲血的吸血族。前者往往攝食極少的量就可以生存，至於後者……曾有學者認為他們的起源不是妖族。

……啊。

我衝去聖的工作室，他正專心的看著顯微鏡。「嗯？怎麼了？」

「聖叔叔……阿默是蛇魔吧？」我有點結結巴巴，「所以……所以他才需要人類的血肉……」

聖叔叔皺緊眉頭，看了我一會兒，「去把門關上。」

我狼狽的關上門，他不太高興的望著我，「靖，妳不該去打開潘朵拉的盒子。妳做了嗎？妳不該隨便侵入資料庫……」

「不不，我沒有！」我趕緊說明，「我並沒有這麼做。我只是猜測……妖族的混血兒不應該這樣渴求血肉。」

他安靜了一會兒，「對，阿默是魔的特裔。他的血緣濃厚到必須倚賴『契約』才能在人間生存。」

神和魔都無法長期留在人間。因為人間徹底的排斥神族和魔族。即使是備受尊敬的神明，也不能例外。每隔一段時間，神明就得回天，不然就會「墮落」。神魔都依賴「契約」留在人間，神族的契約是「人類的信仰」，魔族的契約是「人類的血肉」。

遺傳像是命運殘酷的玩笑，不是只有遺傳好的地方，也遺傳相當惡劣的地方，阿默就是這樣。他的父親是蛇魔，大半魔族的混血兒都可以迴避契約，但他就是那稀少的例外。

「吃了以後再懊悔、自我厭惡，不斷忍耐，直到食欲被刺激得受不了，又渴望血淋淋的『食物』，吃了以後再懊悔……他就這樣惡性循環。」聖沉重的嘆口氣，「治療他三年多，他一直沒有什麼進展。我勸他飲血，別太過壓抑食欲，但效果不好。他身為人的部分依舊非常強烈，讓他一直很排斥同樣強烈的本能。」

「……什麼身為人的部分。阿默是人類，一直都是。」我覺得有點傷心，「沒什麼辦法嗎？」

「有啊。」聖嘆息，「他只要跟一個人類訂契約，成為使魔關係，就能擺脫血淋淋的渴求。但他不願意。」

……誰會願意啊?!使魔欸！那不就是徹底拋棄人類的身分，承認自己是魔族了嗎？失去自由、失去尊嚴，任是誰也無法忍受吧？

所以，阿默的眼中總是纏繞著死亡般的孤寂嗎？

那天我跟柏人回家，心亂如麻。飲血這種事情，任何人類都會不舒服，但若做成菜呢？豬血糕、豬血湯，我們也是常吃啊……

我瞪著眼前這一包血漿發抖。做吧，試試看吧。若是阿默因此可以接受，他就不會厭惡自己，也能夠有穩定的「契約」來源。

「妳在幹嘛？」柏人讓我整個跳起來，我慘白著臉孔回頭看他。

「血漿？喂喂，該不會是疫苗失效吧？」

咬著下唇，我小聲小聲的告訴他我的打算。

「笨蛋。」他很乾脆的把那包血漿倒掉，「別做這種徒勞無功的事情。別把那個長鱗的傢伙看得跟玻璃一樣，我們也是。」

「可、可是，如果是必要的……」

「啊，對呀。最容易達成的契約來源是人類的血。尤其這種年代，不用咬任何人，一隻針管就可以在安全無痛的環境下得到所需。」柏人冷笑著點菸，「但妳怎麼知道，這就是他要的？妳問過他嗎？」

我張大眼睛，講不出話來。

「哼哼哼，人類。愚蠢軟弱心腸的人類。」他金屬似的眸子更冷，「別自我滿足了，小鬼。妳這種樣子，真的能當個好社工嗎？」

望著流理台裡點點的血跡，我只覺得哀傷而混亂的情緒一直在心底徘徊。很想為他做什麼，卻發現什麼也做不了。

說不定我什麼也做不了。

我不知道。

將手埋在掌心，無淚的悲傷無助的蔓延。

第七章

上了高中以後，有了一些小小的變化。

經過這麼長時間的努力，列姑射島的疫情控制住了。照柏人的說法是，「用放射線殺癌細胞，該死的不該死的都死光了。」

雖然說這種金石俱焚的恐怖治療早就絕跡，癌症已經是可以施打疫苗就避免的疾病，但對於一個出生於災變前，對諸多疾病都曾經束手無策年代的歐吉桑，就不要太計較他的舉例。

就像黑死病曾經是絕症，癌症曾經是絕症，現在真正的絕症早就讓位給各式各樣的瘟疫。

但紅十字會這些年的努力並沒有白費，現在呈現出一種緩解的狀態。特機二課的工作減少很多，柏人在家的時間也變長了。我過著一種比以前更像正常人的生活。

我們學校的名字長得讓人記不住，全名是：「列姑射群島國立大成至聖文宣先師學院」。為什麼是這個奇怪的名字，校史也含糊不清，我後來查資料發現是孔老夫子的謚稱。

……是誰取這種背不起來的名字的？

事實上也沒人記得起來，通稱都說那個「最高學府」、「貴族學校」。從國中開始就要入學考，即使念了國中，成績不到標準，還是沒辦法直升高中，大學也是。

雖然是這樣競爭激烈又有名的學校，進來讀還是只有一種「原來如此而已」的感覺。沒有什麼夢想，也沒什麼期待。並不是很喜歡念書，只是家人的要求。我的同學就是這樣普通又渾渾噩噩的少年、少女，好像缺少一種力氣。

每天上學作業本都會被他們搶去抄寫，一問又不是有什麼特別重要的事情，但還是來學校抄作業。真不明白啊……這些人，連興趣都沒有，只是隨波逐流。

我反而加入了卡漫社。這群人的狂熱讓我覺得有意思。看他們爭辯，揮舞著雙臂面紅耳赤，大聲咆哮或捶桌子。雖然常逼我穿那種奇怪花邊連身裙或連大腿都快遮不住的無袖旗袍，朝著我喊「蘿莉蘿莉」……我還是很喜歡他們的生命力和熱情。

雖然很幼稚就是啦，但我這樣死氣沉沉的小老太婆也真的沒啥資格說人家。

因為每週兩次社團活動都很晚，所以我都從高中部的側門回家，也因此，常常經過一家麵包店。

那是一家小小的麵包店，門前種了幾盆花草，店面很乾淨。以前做麵包的老爺爺還在時，他們家的布丁和蛋糕很有點名氣，下課常常圍滿吱吱喳喳的學生。但我第一次月考的時候，老爺爺過世了，聽說麵包變得很難吃，就沒什麼人光顧了。

有時候我會看到一個女孩在收拾，年紀大約十七、八歲，應該是老爺爺的孫女吧？

城北雖然比城南富裕很多，但還是不能斷絕遊民的存在。經過麵包店，我常看到一些鬼鬼祟祟的遊民在附近出沒，大約是在覬覦賣不出去的麵包吧？但是遊民越多，學生越不願意來，這家店可能也撐不久了。

城北的遊民比城南狡猾多了，他們多半都拿著髒兮兮的樂器，可能是一把斷弦的吉他，或是吹不出聲音的笛子。他們辯解自己是街頭賣藝的「音樂家」，警察拿他們也沒辦法。

咗，他們懂什麼是「音樂家」嗎？

這天，社團活動結束，我從側門走回家。社團活動的時間很不穩定，我跟柏人說，我自己會搭車回去，他倒是沒說什麼，也許他也覺得我可以應付這個世界了吧？

我很喜歡這個時候，靜靜的行走著，只有月亮跟著我。

「喂，小姐，借我一點錢搭車吧？」陰暗中，一雙蒼白得像是骷髏的手伸出來，貪婪的掌心向上，「借我一點錢吧？」

手腕上都是密密麻麻的針孔，瘀青成一大片。

我瞟了他一眼，繼續往前走。

「妳瞧不起我是不是？」他從陰暗中走出來，嘴角流著唾液，眼神呆滯，手上拿著一根黑管。「瞧不起我？瞧不起我?!臭女人，妳瞧不起我?!」

他揚起手底的黑管，敲了下來。

黑管。

我知道要躲，但動作遲鈍，還是被敲了一下。他撲上來，緊緊抓住我的手臂，我只看得到他的嘴，張得極大，像是沒有底的深淵。

惡臭，黑管。

反射動作似的，我按住他抓著我的大拇指，用力反折，他嚎叫著鬆開手，我已經用手肘攻擊了他的橫隔膜，然後在他彎下身時敲了他的頭頂。我不停的揍他，沒辦法停手。我忘記了……和特機二課的叔叔交手，我很遜，但我對付的只是個普通人。

非殺掉不行……我要活下去。一定要……一定要打爛他的頭，一定……

「別殺我！求求妳，別殺我……」那個明顯用藥過度的男人在地上翻滾，滿臉是血，「對不起對不起……別殺我……」

他的黑管染了血。

我不斷喘息，昏亂的理智漸漸回來。別、別殺他，他不是殭尸，他是個可憐蟲。他可能會犯罪，但不該由我來制裁。

我鬆開緊握的石頭，掉在地上，鏗隆隆。連話都說不出來，我用力指向遠方。他看懂了我的手勢，連滾帶爬的逃跑了。

染血的黑管，他忘記帶走。

我以為我可以忘記，我以為早就脫離了夢魘。但事實上……永遠不夠遠，不夠遠。

每個人都寫過這樣的作文題目，「我的志願」。

我的志願讓老師笑很久，但當時還小的我用大人的口吻寫，「要開很多早餐店，僱用很多人。讓他們都能夠滴下額頭的汗水，然後吃得飽，穿得暖。」

從小我就在早餐店幫忙。很多人每天都在酗酒、吸毒，然後乞討。他們四肢健全，怎麼可以這樣做？

我認識一個住在樓頂的老婆婆，所有的財產就是那個搖搖欲墜的違章建築和幾大桶泥土。她就用那幾桶泥土種菜，種藥草，在床底下孵豆芽。就這樣養活自己。人，只要是想活下去，一定會有辦法，一定有可以努力的方向。賣淫也好，撿破爛也好，絕對不會活不下去。

酒瓶不會給你糧食，針筒也不會給你糧食。

只要肯努力，一定會有回報。就算是吹黑管。

那時我家附近的大廣場常有人擺個空杯，然後胡亂演奏，當著變相的乞丐。只有一個吹黑管的叔叔，吹得非常認真，他很少笑，總是繃著臉。若是有人丟錢到他面前，卻快步走過，他會露出幾乎是猙獰的怒容。

我很喜歡他的黑管，我想他也喜歡我。因為早餐店休息時，我會帶著一份三明治，蹲在他前面認真的聽他吹黑管。等他吹完一首曲子，我會沉默的遞給他那份三明治，他會莊重的跟我握手。

我沒有錢，但我想告訴他，你很認真，你吹得很好，你很努力。

但瘟疫蔓延的時候，他是第一個在我面前發作的人。那時我正蹲在他身邊聽他演奏。

那天的天空，好藍。

原本優美的旋律狂亂起來，突然停止。拿著黑管的他，發出野獸似的嚎叫，就在我面前扭曲、腐敗，舉起黑管打我。

像是地獄交響曲，所有被咬過的人，同時間發作起來。爭著咬身邊的人，我逃回家裡，看到了……

後來呢？

我殺了很多人，很多人。因為我想活下去。包括拿著黑管的叔叔。

他用黑管打我是要我快逃，他真要咬我我也沒有防備。但他要我逃。

終究我還是殺了他，殺了老爸。殺了那麼多、那麼多人，我只是要活下去。我真的有那個資格，有那個資格嗎……？

我差點又殺人了。

蹲在地上，我緊緊抱住幾乎要爆炸的頭。夠了夠了……天啊，夠了……

「那個……」一隻手按在我肩上，「妳不要緊吧？」

她擔心的看著我，身上帶著濃濃的麵包香。瞪著她，我半在往事中掙扎，半在現實裡試圖清醒。

「沒事了，沒事了呵。」她的聲音軟軟的，像是剛出爐的土司。「站得起來嗎？先去我家休息一下。」她指指麵包店，「來喝杯水吧。」

有的人，生來是帶著光的。在這樣可怕的夜晚，她是沒有翅膀的天使。

就這樣，我認識了麵包店的女孩。

她叫作許仁薏。

倒過來就是薏仁……為什麼大人喜歡取讓小孩子困窘的名字？

但她總是笑得甜甜的，像是她店裡濃濃的麵包香。

認識她以後，我就自己上下學了，柏人沒說什麼，只是說，「喔。」然後什麼也沒問。

也是在認識她以後，我們的早餐統統都是西式的，雖然盡力想花樣，但土司能夠有的變化就那麼多。

連續吃了一個月，柏人終於開口了，「那個……」

我馬上跳起來，「我就喜歡吃土司，怎麼樣？土司很好啊，看你要夾什麼都有，你覺得不好吃？不會啦，土司本來就要這樣平淡沒有味道……」

他看了我一會兒，冷冷的眼睛出現一絲困惑，「我只是想問，橘子果醬放在哪。」

我紅了臉，開冰箱拿給他。

我知道小薏的麵包不好吃。土司還算是當中最像樣的，但能做得這樣平淡無味，也很不簡單了。她的生意很差，但每天，還是很認真的做麵包。

「以前都是爺爺在做的，」她一面揉麵糰一面苦笑，「我只要好好讀書就可以了。但他突然過世……」

幾乎沒有見過面的親戚像是禿鷹一樣聞風而至，到法院聲請他們應有的權利。他們拿走了老爺爺的積蓄和小薏的學費，只留下麵包店給她。

「……賣掉麵包店，繼續念書，不好嗎？」我垂下眼簾，覺得很難過。

「這是爺爺的夢想欸……」她小聲的說，「爺爺辛苦一輩子的店欸。我會繼續努力看看……」

我以為撐不過去的麵包店，結果還是撐了過去。畢竟這家店離學校這麼近，來往的師生多，附近的遊民突然都匿跡了，學生也不再繞道而行。

而且小薏的手藝也進步很多，當然有些比較困難的糕點，還是得去別的店批回來賣。

「幸好他們沒搶去這個……」小薏抱著一本練習簿微笑，「這是爺爺的筆記呢。」

我喜歡她充滿勇氣的笑容。每天我會提早出門，去麵包店幫忙，下課後會在她店裡流連一下，因為學生都放學了，她一個人忙不過來。大約六點多，我該走了，她會遞給我一條土司或是幾個麵包，代替我的打工費。

這個時候，我會特別的高興，但也特別的難過。我遞出的三明治，她遞出的土司。這樣的時代，安穩和和平背後總有動盪不安的恐懼。

這樣的安穩可以持續多久呢？

在這樣的感傷中，天氣越來越冷，而這個學期，也快結束了。

這一天，特別的冷。大家都想要抱個剛出爐的麵包暖手，所以生意特別好。等忙到一個段落，也快七點了。我撥電話給柏人說我會晚點回去，等掛上話筒，看到小薏緊張萬分，滿臉期待的望著窗外。

門開了。走進來一個高大的男人。森冷的氣息蔓延，連普通人都忍不住縮著脖子走避。

「沙拉麵包。」他開口。

小薏趕緊去拿了一個，聲音不斷顫抖，臉孔紅得跟桃子一樣，「二……二十五。」

他付了錢，拿起來大咬一口。「……還是很爛。」拿著沙拉麵包，他轉身走出去，「但是有進步了。」

……我衝到窗邊去看，用力揉了揉眼睛。剛剛走出去那個不是阿默嗎？我明明在他旁邊，他居然沒看到我？

「他說我有進步欸……」小薏的臉孔更紅了，一副暈陶陶的樣子，「怎麼辦？我幸福得要暈倒了……」

吭？他前面一句罵妳還是很爛欸！

這到底是怎麼回事?!

「他……他每天七點都會來買麵包。」小薏在桌子上畫圈圈，「雖然他總是會罵我，但每天都會來喔……」

「……妳知道他是紅十字會的……」我不知道怎麼開口才好。

「他幫我趕走附近的遊民。」小薏握著臉，「好帥喔，他變成好大一條蛇，又強壯，又威風凜凜……」

我張大了嘴，看著眼前這個飄滿愛心和小花的女生。

這問題很嚴重，而且不是普通的嚴重。

反正打過電話了，我拉著她懇切的談了好一會兒。

「妳知道的，他們都生活在危險中，對於感情這種事情……呃……對應上跟普通人不太相同。」

她望了我好一會兒，「妳是說他們很兇嗎？」

是兇惡。哪天控制不住搞不好會啃妳一口。但這種事情我不能說啊啊啊～

「我知道他脾氣不太好呀。」她如在夢中的撫平包麵包的紙袋，「我也知道他是混血兒。但是他是那麼強大、有自信……不像我這樣畏畏縮縮，想說的話，該做的事，都不敢說不敢做。我想一直……一直做麵包給他吃。只要可以遠遠注視他我就滿足了……」

……危險，太危險了。

我滿懷心事的回家，真不知道怎麼辦。我知道我的作業一定錯得一塌糊塗，不過倒楣的是抄我作業的同學，又不是我。

面著牆窩在床上，柏人問都不問，只是開著小燈在看書。

不行，我受不了了。

一骨碌爬起來，抓著柏人的袖子，他不理我。我乾脆爬到他身上，握著他的臉，瞪著他的眼睛。他的眼睛還是很漂亮，但是左眼蒙著銀亮的金屬光澤，令人發寒。

「這樣我沒辦法看書。」他指出這點，語氣還是平平淡淡的。

任何人在這種狀況下都不能看書吧？「柏人，我問你，若你的姊妹喜歡上阿默……」錯了，他怎麼知道誰是阿默？「那個長鱗的傢伙，你會怎麼樣？」

「我沒有姊妹。」

……白癡。「我當然知道你沒有，我是說『如果』！」

「本來就沒有的東西，怎麼『如果』？」

……我想揍他。「好好，這樣說好了，我喜歡阿默呢？你會怎樣？」

「妳喜歡那條蛇喔？妳還沒成年喔，我跟妳說過……」

……我可不可以宰了他？「我沒有喜歡他！我是說如果，如果！如果我成年了，喜歡他的話，你會怎麼樣?!」

「妳都是大人了，我管妳喜歡誰？這是妳的選擇不是嗎？」

我氣得想對他大吼，但又安靜下來。說不定，柏人說的才是正確答案。這是小薏的選擇不是嗎？

但是……很危險啊。真正危險的不是她喜歡阿默，而是阿默萬一不喜歡她……那才是災難的開始。

我開始有些發愁了。

但是後來，我實在忍不住想扁眼。自從有眼鏡的隔絕，我對許多異類都比較難以察覺。某次我在麵包店擦眼鏡時，發現屋樑上有條黑蛇。

……黑蛇?!我握著眼鏡，沒有戴上，衝到窗前朝外張望。遠遠近近的，散布著一些黑蛇。那是阿默的天生法術之一，用蛇鱗幻化，通常是拿來偵查用的。

喂喂，你這傢伙……

「昨天他又來了唷。」過了幾天，小薏滿臉嬌羞的跟我說，「他多跟我說好幾句話欸。」

「哦？他告白了？」這樣起碼問題簡單點。

「沒有啦，小靖好討厭～」她害羞的打我好幾下，「他只是說，『離遠點！我可是會吃人的！』他第一次跟我說這麼多話呢……」

……這值得高興嗎？

「萬、萬一他說的是真的呢？」我神情不太自在的問。

「一定是真的啦。」小薏用手指捲著頭髮，「我看過他咬那些壞人啊。他如果要吃我……一定很痛吧，但我會忍耐喔。希望他吃少一點……我才能繼續做麵包給他吃……」

……這已經是變態了吧？

不行，不能再坐視下去了。情況已經非常、非常、非常危險了！

氣急敗壞的衝到紅十字會，正在聖那邊的阿默瞪著我。

「咦？妳來幹嘛？今天不是說要去朋友家？」柏人居然也在。

顧不得其他人，我指著阿默，「你啊，如果喜歡小薏，就趕緊告白啊！還在拖拖拉拉什麼啊?!」

「妳妳妳……妳說什麼我聽不懂！」阿默狼狽的將頭一扭。

「最好是你聽不懂啦！」指著他的鼻子，長那麼高幹嘛，這樣我手很痠欸，「我告訴你，這種笨女人我見多啦，如果你不趕緊告白，讓她傷心失望，她很可能會愛上一個流氓。」

「……流氓？」

「沒錯，不但會愛上一個流氓，還會誤以為那王八蛋罵她打她是因為愛她，因為她不夠好……最後被流氓賣去妓院，拚命賺錢還是要養那破爛王八蛋，最後會萬劫不復啊～」

「……打她還賣她去妓院?!」磅的一聲，他捏碎了杯子，滿手的血……不過那是血漿，不是他的血。

「你要因為拖拖拉拉優柔寡斷看她毀滅嗎？她的心很柔軟空虛，渴望自己堅強不可得，所以才會戀慕你的強壯和自信，她就是這種笨女人啦，懂不懂?!」但阿默根本沒聽懂嘛，「誰敢碰她一根頭髮？我宰了他！」

然後他就一股煙似的跑掉了。

「哎呀，哎呀……」聖收拾著地上的碎片，「看起來，阿默有治好的希望了。」

「笨蛋。」柏人將手插在口袋裡，「喂，回家嗎？一起走吧。」

默默的坐在柏人的旁邊，我打開窗戶，清涼的夜風和柏人的菸味交溶成一氣。

「柏人。」

「啊？」

「我也是笨女人喔！」我看著遙遠的重寶藍天空。

「嗯。」

「我說，我也是那種笨女人喔！」

「好啦，」他按熄了菸，「知道了。」

無意間瞥到車側的後照鏡，我發現，他居然淺淺的露出一絲微笑。

到底懂不懂啊？

我真的、真的也是笨女人哪。

第八章

我升上了高二，每天還是很忙碌。

除了功課，我還忙著學做麵包、蛋糕，去社團，週末、週日跑去特機二課幫忙寫悔過書和報告。心被填得很滿很滿。

所以，我沒有注意到一些細微的變化，等我注意到的時候，已經演變到不得不正視的地步。

最早注意到的是，「刺客」不再來訪。這反而讓我有種膽寒的感覺，像是會沉沒的船，老鼠也會跑光光。

接著，特機二課的叔叔們越來越常出差，出差的時間越來越長。和阿默熱戀（？）中的小薏，常常露出若有所思的神情。

只有一年多的光景，和平居然像是短暫的春光。

「小靖，」小薏露出脆弱的神情，「阿默要我搬去紅十字會的眷屬宿舍住一陣子。妳覺得我該去嗎？」

「欸？為什麼？」我大驚。

「不知道。但是他看起來很擔心。」她咬著圍裙角，淚光盈盈，「我是不是拖累他？而且，還沒結婚就搬去眷屬宿舍，好羞啊……」

喂喂，這不是重點吧?!

我知道有一些細微的變化，但我不知道這值得擔心。最近的確有些團體很活躍，並且掌握了媒體，天天煩死人的大發議論。總歸就是要禁止宗教、嚴格控管異族，連混血兒都必須加以監控。當中最興旺的，是「人類尊嚴促進委員會」，簡稱「人委會」。

這是個跨世界的新派別，在我看起來像是另一種宗教，他們居然還侈談禁絕宗教，難道不是笑話一則嗎？

但是我身邊的同學倒是很信這套，甚至連老師上課都會提幾句，真是莫名其妙。漸漸的，學校有種陰暗的氣氛，讓人很不舒服。人委會在學校公然招生，如果拒絕加入，就會有人竊竊私語，被當成非人類孤立起來。

一種壓抑、曖昧並且昏暗的氣氛。結果許多人都加入了，我本來拒絕加入，同學卻驚慌極了，硬抓我入會，並且小聲的說，「不加入會發生不幸。」

「什麼不幸？」亂七八糟的，什麼跟什麼啊？

他們不肯說，但有些沒加入的人遭逢不明集團的暴力行為。

這是怎麼回事？

我跟柏人說這些，他只是默默的聽。

「妳能保護自己嗎？」他問，「若沒有自信，妳也去眷屬宿舍住好嗎？」

……他幹嘛這麼客氣的問我意見？不是他說什麼我都得說好嗎？「……你要我去？」

他沒說話，只是繼續清理檢查槍械。我等著他開口，凝重的沉默籠罩，很不舒服。

「在家裡待著吧。」他淡淡的說，「槍法練好一點。」

這種山雨欲來的沉悶氣氛中，這個學期也慢慢的過去。就在暑假即將來臨的前一個月，嘉南平原爆發了一次武力衝突。隨著武力衝突而來的是，濁水溪以南，發生有史以來最嚴重的瘟疫大流行。

這次的瘟疫和以往單純的吸血瘟疫和殭尸瘟疫不同，像是所有的混合，並且叛軍似乎可以控制這些感染者，並且和正規軍作戰。

「……來不及了。」柏人被派往前線的時候，只來得及跟我說幾句話，「哎啊，當初真的該一槍打死妳。」

我覺得害怕，卻不是因為他要打死我這件事情。「……情形這麼糟嗎？」

他第一次，卻不知道是不是最後一次，撫了撫我的頭髮。然後轉身就走，只朝後擺了擺手。

「……要回來噢。一定，絕對，要回來喔！」我衝出大門，朝著發動引擎的他大叫，「一定一定要回來喔！」

他沒說話，沒回頭看，但也沒踩油門。

「人的一生中，真的不能犯下太多錯誤啊……」他朝我伸出大拇指，然後踩下油門。

見。

我不要哭，絕對不要哭。我不是在送喪，我只是說再見。說再見，就一定會再見。

軟軟的癱坐在門廊，努力不讓眼淚掉下來。電話響了很久很久，我才遲鈍的接起來。

「喂，小靖嗎？」話筒傳來小薏平穩的聲音，「阿默走了。」

「……嗯，柏人也走了。」

「我剛學會怎麼做巧克力，要來嗎？」她有點憂鬱的笑，「在戰地，巧克力是很好的熱量來源喔，又好收藏。」她靜了一會兒，「哪，小靖，來做我們能做的事情吧。」

「……好。」我掛了電話，穿上外套，鎖好門，蹣跚的往山下走去。

我絕對不要哭，絕對不要。

但我和小薏都還不知道，這場戰爭的背後，卻是這樣的醜惡和殘酷。我們的男人在前線捨生忘死，而我們也在後方，打著一場慘烈的戰爭。

這個時候，還不知道。

我和小薏做了很多巧克力，寄到前線去。偶爾會收到他們發來的e-mail，柏人的只有幾個字：「非常苦。」、「太甜了。」、「妳到底會不會做巧克力？」阿默的e-mail就非常非常長，我印出來長達二十幾頁，末句幾乎都是：「還有很多話想寫，但是時間不夠。下回寫信再告訴妳。」

監護人和情人，差距就是這麼遠。

因為小薏家裡沒有網路，所以往往是我印出來拿去給她。每次遞給她，我都比較不好意思，「我可沒有偷看喔！」看到末句是沒辦法的，我得確定印好沒有。

「嗯，我知道。」她總是滿臉幸福的將信按在胸口。這時候的她，真的很美。

戰況如何，我們其實不太清楚，每家報紙寫得都不一樣。這時候我就痛恨我文字理解能力這麼強，這些戰地記者在瞎掰，我看得出來。

我花更多時間在特機二課。所有的叔叔們幾乎都上前線了。他們不是軍隊，叛軍也不關他們處理，但是紅十字會去了一批醫生和學者，試圖解決這次異種瘟疫大流行，他們得去保護這群醫生，必須去消滅疫區，還要負責採樣和搏鬥。

特機二課只剩下一郎和駟貝。但每天特機二課都傳回許多資訊上的需求，他們兩個忙得幾乎翻過去。不是找到資料就好，而是必須從這些資料中擷取有用的、可疑的、能夠派上用場的，要整理、要消化，他們實在忙不過來。

看起來一點用處都沒有的語文天賦，居然派上了用場。剛開始的時候，這些枯燥乏味的資料的確很難看懂。但文字是種可馴化的東西，學習和閱讀就是種馴化的手段。我的習慣是從頭到尾讀一遍，會看到許多重複的字彙和生澀辭句，勾出來查清楚，再閱讀一次，差不多可以弄懂六成，然後一面整理出重點，一面互相對照辯證，幾乎就統統可以讀懂。

說起來很簡單，但我發現大多數的人都辦不到。這種無用的天賦卻幫上一郎和駟貝的忙，他們總是用工作過度的疲憊笑臉對著我，弄亂我的頭髮說，「小靖，沒妳的話，我們怎麼辦？」

這有什麼？我能做的只有這些。而且我在這裡最安全。

自從開戰之後，安全的地方越來越少了。

這是一種很恐怖的感覺。不是一下子襲來，而是一點一滴的侵蝕。批評政府和紅十字會的言論甚囂塵上，越來越誇張了。因為言論自由，這些媒體簡直是在濫用這個定義，爭相列出政府編列給紅十字會的龐大預算，和富麗堂皇的建築以及各種帳目不清的部分，嚴重批評各式各樣的浪費，和紅十字會「可疑」的員工。

……什麼啊，是誰在保護你們這些死老百姓？

這種類似洗腦的大鳴大放讓人頭昏，但是一直壓抑著不安的民眾卻竊竊私語。有一種令人無法暢快呼吸的氣氛，越壓越緊，越來越陰暗，像是暴雨即將來臨的昏霾。

我懷著這種隱約的不安去上學，學校許多學生都缺課了。大半都是擁有純種異族血統的同學。他們生存在這不太友善的人間已久，可以敏感的察覺這種險惡的氣氛。

事實上，我覺得他們非常睿智。只是，與人通婚生下來的「裔」怎麼辦呢？雖然我們離力流風暴區很遠，定期打過疫苗的裔不太會突然覺醒。但我還是強烈的希望他們能夠有相同的智慧，可以遠離這裡。

好像有什麼事情要發生了。每天閱讀著特機二課要的資料，我內心的不安像是滾著岩漿的火山，隨時都要爆發。

我看到了一點點痕跡。我希望只是過敏，而不是真的有這種可能性。

這天，我正對著筆記發呆。絞盡腦汁想要推翻可怕的猜測，卻徒勞無功。特機二課的大門卻開了。

「咦？好可愛的小姐。但我們請了助理嗎？」一個悅耳低沉的聲音傳來，我愕然的抬頭望著這個陌生人。

他的年紀我不會判斷，眼角有些魚尾紋，但眼神清澈，臉刮得很乾淨，有一種隱隱的風霜感。他口氣很和藹，但是有種威嚴存在。

「……部長！」一郎站了起來，滿眼驚喜，「部長，你怎麼有空來？」

特別機動部共有九課，各有課長，除了特機二課以外。特機二課處理的通常是其他課做不了的事情，成員通常也難以相處，所以名義上由部長直屬管理。

但這個令人尊崇的部長，帶著一課滿世界跑，解決力場混亂的危機，不太有機會回來這個小島。

我真沒想到我會親眼看到這個聲名卓越的傳奇人物。

「沒辦法不回來呀，」部長慈祥的笑，「這次異種瘟疫應該是力場混亂的關係。雖然說紅十字會不干涉他國內政，但到這種地步，我還是得回來處理瘟疫問題。」

他笑笑的問我，「這位可愛的小姐，妳是新雇員嗎？年紀似乎太輕了點。」

愣了一下，我趕緊回答，「我偶爾在這裡幫忙。」

他皺起眉。「這樣好嗎？這可不是幼稚園呢。」

這倒是很成功的激怒了我。「我有合法通行證，也簽訂了保密條約，並且由紅十字會考核許可我在特機二課協助。」當然，我不知道柏人幫我辦這些手續幹嘛，不過他的確用種奇怪的耐性跑完所有申請。「我知道這不是幼稚園，因為我也早就超過了那個年紀。如果你要問我的姓名，難道不應該先介紹自己嗎？這位紳士？」

一郎扯著我，「小靖！太沒禮貌了……」

部長大笑起來，「柏人收養了個小辣椒啊。是我不對，我道歉。我叫黃見輝，」他遞給我名片，然後伸出手，「很高興認識妳，可愛的小姐。」

「我姓林，林靖。」我伸出手輕輕握了一下，「很抱歉我沒有名片。柏人是我的監護人。」

這個時候，我心裡有點不舒服。他明明知道我是誰，卻明知故問。我不動聲色的將資料收起來，順便將筆記收好。

部長又囑咐了幾句，碰了碰帽簷，走了。

「我討厭他。」咕噥著，突然有種忐忑不安的感覺。筆記不能帶出去。紅十字會的一切我都不能帶出大門，這是保密條約的一部分。

「小靖，妳不是跟誰都能相處嗎？」一郎大惑不解，「說話更難聽的妳都能談笑風生了。」

那不同。我用力搖頭。帶不出去是吧？我一行一行的閱讀，準備整本背下來。

我討厭背書，但我辦得到的，我知道。

資料和筆記沒有遺失。我開始懷疑是不是我神經過敏，或許最近發生太多事情了，把我弄得緊張兮兮。

以前紅十字會的員工和眷屬都受到禮遇，但現在卻成為高層勾結的既得利益者。雖然我不懂這種邏輯，但我的處境的確比較艱難。有些同學不跟我說話了，我甚至聽到背後有人高喊：「蠹賊！」

這是媒體給紅十字會的新稱號。國之蠹賊。

他們到底懂不懂在前線拚命的是為了誰啊？

但我沒說什麼。再幾個禮拜就暑假了，過一個假期，新聞熱潮褪去，一切都會恢復的。現在我比較憂心的是我的發現，我不知道該跟誰商量。

但很快的，我發現我錯了。

公布欄上出現了一大張匿名海報，上面寫著，「極度危險！」

那是張奇特的名單，學校的裔和特裔都列名於上，甚至連他們繼承的血緣和暴力傾向都分級別。唯一的例外，是我。

我被標明為「特別危險人物」，因為我感染過「殭尸瘟疫」和「吸血瘟疫」，所以用一種誇張的口吻說我再發性極高。

統統都是鬼扯！我憤怒的上去撕那張海報，後面有人冷冷的起鬨，「是不是做賊心虛啊？」「說不定他們班都被感染了……誰知道潛伏期多長……」「她是紅十字會的眷屬欸，呸，蠹賊……」

我轉過身去，冰冷的一個個看，居然沒有人敢跟我目光相對。

這些渾球！這些慌張失措，只能用這種流言發洩不安的渾球！

但是我今天撕，明天又貼上了。撕了幾天，老師居然阻止我，「同學，布告欄的海報不能夠隨便撕，需要申請的。」

「黑函也要申請?!」我的聲音拔尖。

身高比我高很多的老師畏縮了一下，「……校規是這麼寫的，我建議妳去看一下。」

這個學校病了，這個社會病了，這些躲在後方的人病了！

班上的氣氛更差，許多老師藉故請假。像是傳染病似的，許多人開始不來上課。沒有人要坐在我旁邊，像是迴避大麻風似的逃得很遠。

班上的男生甚至興起一種新遊戲，故意在樓梯口等著，等我上樓梯的時候，在我面前一哄而散。一面大喊著，「快逃啊，有病毒！」、「跟她講話就會死喔！」一面笑著逃跑。

這完完全全激怒了我。我知道很危險，我知道我被人群厭惡，但柏人在前線打著嚴酷的戰爭，能不能回來都不知道，讓他撫養的我，怎麼可以夾著尾巴逃跑？

我硬是在學校待到最後一天，直到暑假開始。

濁水溪以北陷入一種奇怪的狂熱，城北更像是瘋了。天天有人遊行抗議，要求停戰。叛軍宣稱，他們已經掌握到控制瘟疫的方法，可以讓患者失去傳染性，並且溫順可勞役，只要政府軍投降，將紅十字會撤出島外，全島將可免除瘟疫的威脅。

天天都有人要求停戰，要求政府投降。天天都有人到巴比倫的門口丟雞蛋，要他們快滾。我覺得，這種狂熱才像瘟疫，無可救藥，傳染甚廣，漸漸的像是街頭暴民。他們甚至會去紅十字會的家屬門口噴紅漆、叫囂和辱罵，因為他們進不了巴比倫的大門口，只好對明顯軟弱無力的家屬下手。

許多家屬都遷居到眷屬宿舍，我的門口也有紅漆，小薏的麵包店更慘，天天有人在門口拉白布條，幾乎沒有辦法好好做生意。

「小薏，去紅十字會住一陣子吧。」我凝重的對她說，「這樣不行的。」

「沒事啦。」她總是笑笑，「拉白布條而已，又沒怎樣。他們餓了渴了，還是跑進來買麵包和飲料啊。我又不是真的眷屬，不會有事啦。」

「不然來我這兒住。」我真的很擔心，「我家這兒沒那麼激烈，雖然還是有人噴紅漆……但柏人有保全系統，警察也常來巡邏，總比這裡安全……」

「沒關係啦，真的。」小薏垂下眼簾，「阿默他們在前線那麼危險，都在奮戰中了，我怎麼可以認輸？」她紅了臉，「我……我可是阿默的女人喔。」

……也許不會有事吧？死老百姓沒有那麼快就全部喪失理智吧？這只是一時的激情和不安，應該不會有什麼吧？

我看了看麵包店。這裡是貴族學校的附近，城北的市中心啊，機關學校幾乎都在這裡，不可能發生街頭暴動。

拿下眼鏡，我抬頭看到阿默留下來的黑蛇。只剩這一條，孤零零的。

我勾了勾手指，那條黑蛇溫順的爬下來。我也有阿默給的蛇鱗手環，他教過我怎麼用。用別針刺破食指，在黑蛇額上按了一點血。

最少，當小薏危險的時候，我可以盡快趕來。

但我沒想到，會這麼快就派上用場。

就在暑假的尾聲，正在特機二課整理資料的我，突然大叫起來。帶著手環的腕，痛得像是火焚一般。

燒起來了……燒起來了！

「小靖！」駟貝嚇壞了，「妳怎麼了……」他瞠目看著變得火紅的手環。

「失火了……失火了啊！」我尖叫起來，「小薏……阿默的女朋友……」

抓起電話撥給消防隊，一郎已經衝出去，一面跑一面化成一匹巨大的狼。

等我趕到的時候，麵包店已經快燒光了，火紅的熾焰舔著殘存的牆壁。小薏額頭包著紗布，眼神渙散的坐在地上，手裡抓著幾乎燒盡的作業本。

「都沒了……」她喃喃的說，「都沒了……我答應阿默做麵包給他吃的……我答應爺爺會守住店的……都沒了……」她突然衝過去，被一郎和消防隊員拉住，「怎麼可以都沒了呢？我答應阿默會好好的，等他回來結婚，住在麵包店裡的！為什麼都沒了都沒了!!為什麼?!」

「妳還會有新的店啊！妳還會等著阿默啊！只要妳還活著，就還可以有開始啊！」我拚命搖她，「妳不是要戰鬥到最後？妳是阿默的女人欸……」

她望著我，眼淚不斷流下來，「但……但我輸了，我沒能阻止他們燒店……他們說我在這店裡生了阿默的蛋……我也希望生了他的孩子啊……我怎麼這麼沒用……」

看著她染血的繃帶，臉頰的擦傷，和全身的瘀血，手上的燙傷和水泡。我本來是不想哭的，我一直忍耐著不哭的。

「我知道妳很努力，阿默也知道的。」眼淚管不住的滾下來，「妳一直都很努力，我知道，我們都知道……」

那一夜，火紅毀滅的那一夜，芳香的麵包店燒光了，像是替這短暫的和平光陰劃下句點。

我很害怕。抱著小薏的我，非常害怕。

我們的男人為了不讓這島成為瘟疫的犧牲品，在前線不知生死，但他們保護的人，卻想要抹殺我們。

「我不要認輸，我們不會認輸的。」我拉著小薏站起來，她比我高得多，但我比她有力氣，「我們回家。我會保護妳……我會保護我們兩個。」

柏人，你看著吧，我也跟你一樣，在努力戰鬥，我一定要讓你以我為榮。

「我們回家吧。」

已經進展到一種可怕的況境了。

開學了，但是學校居然給我一紙退學書。理由倒是很冠冕堂皇，怕我遭到危險。啐，好個冠冕堂皇的理由，好個冠冕堂皇的校名。

好個表裡不一，混帳到底的社會。

我已經不想看新聞和報紙了。越來越偏激的言論，已經到走火入魔的地步。都這樣了，不就欠個希特勒出來演講嗎？

為什麼歷史總是重複著相同的災難，人類真的學到什麼教訓嗎？

「重建純種人類的新社會」這種口號，和「唯有純種日耳曼人才是我們同胞」，其實是相同可笑，為什麼後者被批評，前者被讚許？

問題是，這種論調越來越升高，疲於奔命的政府無法維持秩序，因為擁有異族血緣而被傷害、焚燒產業，忍受不住的純種異族或混血兒用他們的天賦反抗，越被憎惡，仇結得越來越深……

這種混亂是為什麼啊？

小薏的貨車停在兩條街外，沒有停車位挽救了她最後的財產。她開車和我一起去大批採購糧食，因為不知道下次店家會不會拒絕賣給我們。

應該是保密的裔資料被公開，連紅十字會家眷的名單也不例外。擁有完善網路的城北更是將這些傳遞得無遠弗屆。不知道什麼時候會傳到城西，我可不想餓死在家裡。

但是情況真的越來越糟，糟到令人無法想像。等我看到新聞公然播放妖族火刑時，我發現真的守不住了。

一定有人，有一些紅十字會或政府的人，掌握著資料的人，能夠制住妖族的人，在背後指使這一切，讓這些死老百姓隨之起舞。

我知道一些更糟糕的事情，但我還沒有切確的證據。

瘟疫……可能是人為操控的。

電話響了，我走過去接。「小靖，妳馬上來紅十字會，現在！」一郎嚴厲的說，「不容許妳們再任性了！這個城……已經是危城了！」

「……我知道，我完全知道。」我喃喃著，「結果我還是守不住柏人的家。」一滴眼淚滑過臉頰。

「一個人是不成家的。沒有妳在，那只是住所，不是柏人的家。」一郎掛了電話。

我靜了片刻。「走吧，小薏。」我拍拍她的肩膀，「我們去紅十字會。」

她憂鬱的看著我，卻堅強的笑了。「我去開車。」

為了這種莫名其妙的災難，我們被迫節節後退。放棄我們的家。

這種世界，毀滅算了。這些人……放把火燒光好了，何必為他們拚命？為他們努力？

小薏柔軟的手握住我，「不要生氣。他們只是……害怕。」

「……我討厭人類。」我咕噥著爬進小貨車。

「我不討厭欸。」她低著頭笑，「因為妳是人類……阿默也是。」

我沒再說話，心裡充滿了悲哀的感覺。在火焚的夜裡，小薏失去了她的麵包店。在這個沒有星光的夜裡，我即將失去柏人的家。

道路冰冷的在我們面前蜿蜒。

第九章

紅十字會的眷屬宿舍不在巴比倫裡頭，而在緊臨的對街大樓。雖然說一切免費，但許多人還是喜歡在外置產或租屋，畢竟離工作的地方這麼近，對長期精神緊張的員工來說，不容易放鬆。

越靠近，就越感到奇怪。為什麼那個方向，天空一片火紅？

幾條街外就已經開不進去，人們在嘶吼、推擠，晃著標語或火把，還有一些血淋淋的「東西」，在火把的光亮下，格外恐怖。

慘了。「……水晶之夜嗎？」

一九三八年十一月九日至十日凌晨，許多猶太商店的窗戶在當晚被打破，破碎的玻璃在月光的照射下有如水晶般的發光，這個事件被稱為「水晶之夜」。

這次攻擊看起來像是民間自發的，不過事實上卻是由德國政府策劃。在這場事件中，有約一千五百七十四間猶太教堂（大約是全德國所有的猶太教堂）、超過七千間猶太商店、二十九間百貨公司等遭到縱火或損毀。

我看到宿舍的方向發出無數火光，聽到玻璃碎裂的聲音。看到人群像是野獸般嘶吼，興奮的尖叫。

一百多年前的悲劇，居然在這裡重演了。

小薏一言不發的下了車，我趕緊追出去。「很危險……」我拉住她，她卻拉住一個倒地的黑影。

是騶貝。他保留一部分妖化的痕跡，全身是血的昏迷著。若不是小薏眼尖，他早就被踩死了。

這種情境……真是要命的熟悉。整個社區的殭尸，似乎無處可躲。

無奈的苦笑一下，我拿下了眼鏡。我既然能在殭尸的手底下存活，沒理由不能熬過暴民的攻擊。必要的時候，我會殺人。

我眼前滿是濃濃淡淡的灰霧，和小薏一起扶起馴貝，我們彎著腰，避開殺氣，暫時在狹小骯髒的小巷找到喘息的地方。

馴貝的傷很深，但不致命。他呼吸和心跳都穩定，只是昏迷而已，最少從我的眼睛看出去，他黝暗的氣只是被束縛，依舊強而有力。

看了他的傷勢，我心情反而沉重。這群暴民中，摻雜著能力者，可以制伏、束縛妖族血緣的能力者。

「馴貝，」我抹去他身上的符水，「你能照顧自己嗎？」

他似乎清醒了一點，終於認出我，點了點頭。

「我要去宿舍，看能幫上什麼忙。你可以嗎？」把他放在這兒我很不安，但是讓我更不安的是宿舍方向的火光。

「可以，我可以。」他沙啞的低語，「要小心。設法進去……」

我站起來，「小薏，妳要去嗎？」這世界已經沒有安全的地方了。

「我要去。」她的聲音還是甜甜的，像是濃濃的麵包香。

握著她的手，「跟我來。」

閃閃躲躲的，我們往宿舍前進，避開有危險和有殺意的人，我們在人潮中泅泳，漸漸靠近了宿舍。

很淒慘的景象。原本眷屬宿舍是棟純白的優美建築，在火焰瓶和染料的肆虐之下，慘不忍睹。大門幾乎半毀，但可能是某種守護咒文還是諸如此之類的東西，讓暴民無法侵入。他們在外面叫囂、辱罵，不斷的拿石頭砸玻璃。

巴比倫和宿舍之間的馬路被人潮填滿了，我看到很多死者，可能是出來維持秩序的員工。從來沒有這麼專心的「看」。這團灰霧的人潮中，隱約夾雜著一些能力者的白光。

這大約是紅十字會被壓制的緣故。大半的人都在前線，駐守的人沒想到會遭遇能力者的暗算。

我說過，必要的時候我會殺人。

「跟緊我。」低低的跟小薏說，她點點頭。小心的靠近這些在人群中冷笑的能力者，憑著極大的怒氣和決心，將鋒利的匕首插進他的胸口之下。

他可以殺死妖族或裔，也可以察覺他們的氣息，但是很抱歉，我這雙受咀咒的眼睛，是純粹人類的天賦。我看得到任何人的弱點。

他連叫都來不及叫，張大眼睛看我一眼，抓住我的肩膀，非常痛，真的。痛得我鬆開匕首。但小薏卻用力撞向刀柄，插得更深，那個應該很厲害的能力者居然讓我們兩個弱女子殺了。

「小薏，妳怎麼……」我顫抖著聲音。

「妳一定有理由吧？那個人一定非死不可。」她全身都在顫抖，「我相信妳。」

狂亂的人群沒發現這樁罪行。他們將死掉的能力者踩在腳下，癲狂向前，我只來得及把匕首拔出來，險些被踩倒。

我不記得殺死了五個還是六個能力者，可能更多。他們防備紅十字會的人，卻防備不到我們。大部分紅十字會的員工都是裔或特裔，不然也有濃重血緣。這樣的人比較容易學習法術，體能也比較好。

我們？我們血緣淺薄深藏。但最悲哀的就是，他們希冀的那種「純種人類」事實上是不存在的。

這些能力者一死，能夠攻破大門的機率就等於沒有了。我和小薏對望一眼，知道我們存活的機率很低，因為殘存的能力者對我們圍攏過來。他們察覺同伴慘死了。

「希望……阿默會為我感到驕傲。」她流淚了，卻勇敢的笑。

「我也希望。」希望柏人因我感到驕傲。

我們努力向前擠，終於來到門口。

人潮突然被擠開，三個能力者走上前，他們的周圍，沒人可以站立，退得很遠。原本擁擠的門口突然空出周圍大約十公尺的空地。

「哦呀，這樣嬌嫩的殺人兇手。」正中間那一個嘲笑著，他的胸前棲息著無比黑暗。他應該就是首領吧？

我將小薏推到身後，「比我多殺了幾十倍數量的人，有資格這麼說嗎？」

能力者的首領，笑了。眼中帶著戲弄食物的殘酷眼神。「嘖嘖……小姑娘伶牙俐齒的，讓人好心疼哪……」

我沒看到他動，臉頰到前胸卻一陣火辣辣的灼痛，痛得眼淚快掉出來。但我倔強的將頭一昂，「就這樣？」

「當然不只。」他依舊沒動，竄出無數的鞭子，不斷的打著我和小薏。我將小薏撲倒，用背承受鞭刑。

我不要哭，我絕對不要哭。

我要殺了他。

扣緊手上緊握的「玩具」，這是可以把人炸上天的東西。我要忍耐，我要等。我等他玩膩了，一靠近我，就跟他金石俱焚。

就算我活不成了，我也要拖這些可恨的人一起下地獄。好吧，沒有地獄了，隨便什麼地方都行，只要讓他們再也無法傷害任何人。

我受夠了！

「夠了喔。」殘酷的鞭刑突然停止，我緊握的掌心突然一空。我抬頭，看到一張溫柔的笑臉，「欺負小女孩不太好吧？很糟糕的興趣呢。」

他是誰？害怕恐懼憤怒的情感突然消逝，我很困惑。奇怪，他為什麼……身邊沒有纏著灰霧？每個人身上都有的。

沒有修煉的白光，也沒有血緣的黑暗，就是乾乾淨淨的，什麼都沒有。

他將我抱扶起來，端詳著臉孔的傷痕，「哎呀，女孩子的臉蛋怎麼可以留傷痕啊？別哭喔，哥哥等等幫妳治療。」他掏出ＯＫ繃，貼在我臉頰上，「先止血吧。」

他到底是誰？

那幾個能力者如臨大敵，首領厲聲問，「來者何人？」

「呃……我是旅行的人，剛好經過而已。」他盤膝坐在地上，平和的看著那幾個能力者，「打架不是好事。大家平心靜氣，聽聽我彈琴如何？」

其他兩個能力者對望一眼，怒喝，「這是什麼地方，需要你……」首領卻止住他們。

「哦呀，彈琴嗎？」首領恢復那種輕鬆不在乎的神態，只是他胸口的黑暗更活躍濃稠，「好啊，彈來聽聽看吧。」

那個旅行者笑了笑，拿下背在背上的包包，捧出很大一把琴。這……不是古箏嗎？

「不要彈。」我顫聲說著，鞭傷很痛，痛得幾乎無法吸氣。「他們不安好心，會趁你彈琴的時候攻擊你。」

「我知道。」他回頭看我，眼神那麼溫柔，溫柔得我好想哭。「放心吧。」

他撥了琴弦。只是一撥弦，整個廣場的燥動和狂熱，像是澆了冰水似的，徹底冷靜下來。

過去沒聽過這樣的曲子，將來應該也聽不到。我像是被溫暖的水包圍了，疼痛平復下去。潺潺流水般琳瑯，清脆的笑語，湛藍的天空，纖細的花瓣，還有……親愛的人臉上的笑容。

悠揚婉約，潺潺然、絮絮然，生命中最美好的片段，爸爸，媽媽……我們共同工作的早餐店，繚繞的奶茶香；柏人那一絲幾乎看不到的微笑；放在我胸口的，特機二課全家福。

我好想哭，我好想大哭。像是溫柔的薰風吹拂過我內心深痛的傷楚，一遍遍的告訴我，不要緊，妳是被原諒的。

像是所有人共同的一根心弦被撥動，一切都還來得及，一切，都不會太遲。不要害怕，無須恐懼。

我大哭起來，跟廣場的暴民一樣無法克制的大哭，小薏抱著我，哭得幾乎斷氣。那三個不可一世的能力者，趴在地上，不斷顫抖，像是被抽去脊椎，再也爬不起來。

「饒……饒命啊……」他們眼淚鼻涕糊了滿臉，「請饒恕我們，禁咒師……」

這末世，只有一個禁咒師。是他在末世重建紅十字會的秩序，是他整理混亂的力流，穩定地維。

「……我叫林靖。」滿臉依舊是淚，我愣愣的對他說。

「嗨。」他溫柔的看著我，「我叫宋明峰。」

在黑暗來襲之前，我跌進他的懷裡，暈了過去。

琴聲依舊在耳邊繚繞不絕，閉著的眼睛一直無法停止流淚。昏昏沉沉中，一隻溫暖的手不斷的幫我拭淚，探著我的額頭。

漸漸的，我醒過來。只是過度的疲乏和疼痛讓我睜不開眼睛。

「……真狠，這樣對待小女生。」禁咒師的聲音在我身邊響著，「萬一留疤怎麼辦哪？女孩子都很愛美呢……」

其實有疤也沒差啦。這種時代……能四肢健全，有條命在，已經是奢求了，多條無傷大雅的疤又怎樣？但他那種疼惜悲憫的語氣，讓我又湧出淚。

「我說啊，明峰，你怎麼來了？」另一個陌生的聲音響起，低低的，非常渾厚。

「大師傅，我才想問你怎麼來了。」禁咒師笑起來，「好久不見了，你看起來很不錯啊。」

大師傅？建造巴比倫的大師傅？

「不來成嗎？你看搞成什麼樣子……」大師傅咕噥著，「我們在喜馬拉雅追蹤病源，消息不通，等知道列姑射亂起來了，拚命趕回來還幾乎來不及。喂喂，你啊，你不是在巡邏修補地維？怎麼千山萬水的跑回來？我們可以的啦，你不用擔心……」大師傅突然停住，好一會兒才開口，「她是……她難道是……你是為了她回來？」

「哎唷，不是啦，大師傅。」禁咒師突然扭捏起來，他們說話的聲音越來越遠，「她不是……不算是。」

睜開眼睛，只看到他們的背影，門關了起來，我也看不到了。

這病房中只有三個人。那個「她」，就是我囉？

我很好奇，但是全身痛得要命，動都不能動。我閉上眼睛，想要聽清楚一點……

「……林靖不是啦，她不是羅紗的轉世，但也不能說一點關係也沒有。」禁咒師的聲音帶著一點點高興，卻好像有點難過，「她是羅紗在人世時，留下的一點血脈。」

「啊。」大師傅應了一聲，「羅紗的孩子？」

羅紗？那是誰？

「女兒。羅紗一直以為她死產……其實是大夫人要產婆弄死這個孩子。古代的大家庭總有這類悲劇……產婆實在下不了手，將女嬰祕密送人養了。羅紗入了冥界，轉生為魔，一直到魂飛魄散，也不知道這件事情。」他頓了一下，聲音很輕，像是耳語，「她不知道，我也到最近才知道。」

「……明峰，你太自尋煩惱。」

「也不算自尋煩惱啦，只是偶然。你知道我一直在地維所在的地方旅行，設法彌補漏洞。構成地維的眾生非生非死，往往可以聽到很多故事。偶然的聽到羅紗的故事，我真的按捺不住……」

「你去找那個發瘋的小說家？」

「……嗯，對。我去找姚夜書，拜託他告訴我，『後來呢？』經過這麼多代，羅紗的孩子應該開枝散葉，沒想到居然只剩下這最後一點血脈。」他笑了起來，卻讓人更哀傷，「我沒辦法啊……我沒辦法不來看看。活得太久也是麻煩哪……」

好一會兒，大師傅才搭腔，「是啊，活得太久也是麻煩。熟悉的人、親密的人不斷流逝，我們就這樣孤零零的被留下來……」

「但他們在欸，他們一直都在。」禁咒師嘿嘿的笑，「我看到林靖的眼睛就知道，她是羅紗的女兒，她們都有相同漂亮的眼睛，不肯服輸的脾氣啊！」他舒出一口很長的氣，「看到她，我就覺得一切都是應該的。忍耐長生的寂寞太值得了，難怪麒麟要把我揍得爬不起來，不讓我去結地維。她是希望我看顧這些孩子吧……」

「你還在找麒麟啊？」

「對啊。巡邏地維的時候沒有看到她。她說不定還活著。」

「地維範圍那麼大，你巡邏的範圍才多少？放棄吧。」

「不要。」

「喂，你幹嘛跟麒麟一樣任性啊？」

「她只是失蹤嘛。姚夜書也說，他還讀不到麒麟的結局。」

「那個神經病瘋瘋癲癲，他說的你也信喔？」

「不說這個了。」禁咒師笑起來，「走吧，好久沒回來了，我們去幻影咖啡廳。不知道上邪煮咖啡有沒有進步？以前狐影的點心可以殺人，但是上邪的咖啡足以使人胃穿孔。」

「嘿嘿嘿……真的好久沒看到他了。他的鬼老婆投胎了沒啊？」

「翡翠哪肯走，修煉得有夠差勁。這次回來我特別帶了定魂香，上邪在災變時耗掉了所有神通，有了這個，翡翠要凝形比較簡單……」

越走越遠，聽不見了。坦白講，完全聽不懂。但我覺得好難過，好難過。我以為我早就把眼淚流乾了，沒想到還流得出來。

但盡情大哭後，我睡熟了。心滿意足的，睡熟了。

在我昏睡發燒的這段時間，都城的暴動平息了。一方面是紅十字會的主要軍隊進駐，另一方面是禁咒師在各大媒體聯播了一次爆笑的演說與精彩的演奏。

聽說他上電視非常緊張，不但弄掉了麥克風，還打翻了水杯，演講稿整個溼淋淋的，搶救不及，一點大師風範都沒有。

沒了演講稿，他傻笑了半天，東拉西扯的，講了很多旅行發生的糗事和卡漫的精彩對白，許多人在笑倒之餘，非常懷疑他是不是冒牌貨。

但是他開始彈琴的時候，就沒人有疑問了。

他的琴聲安撫了整城的暴戾之氣，無數人在電視之前激動的鼓掌。

小薏拿報紙給我看，又說又笑的，卻一臉幸福感和篤定。高燒似的媒體瘟疫，應該過去了吧？

當然，禁咒師不是神明，也不是他到來就可以讓戰爭結束。都城還是有零星衝突，但他笑笑的接受採訪，笑笑的到處視察，甚至還能來看我。

他很溫和，但有種巨大的存在感。

「嗨，林靖，妳覺得怎麼樣？」病房裡只有我和他，我覺得安適、舒服，無所畏懼。

「我很好，謝謝你，禁咒師。」我小小聲的說。

「啊，叫我明峰啦。年紀越大越沒人叫名字，很寂寞啊。叫我哥哥也行喔。」

我彎了彎嘴角，牽動傷口還會痛，我想表情一定很古怪。「……明峰。」

他的笑凝固起來，幾乎是憂傷的望著我……但好像不是在看我。

「羅紗……是誰？」這個問題一丟出來，他的笑變得模糊蕩漾。

「是個勇敢的女人喔。妳非常遙遠的外祖母，是個世上最美麗的女人。」

我畏縮了一下。並不是說我長得很醜，但我很平凡。「……我長得不像她吧。」

「我不是說容貌美麗。」他垂下眼睛，「我認識她的時候，她已經毀了半張臉，少了一隻眼睛，但對我來說，還是最美麗的女人。」他指著胸口，「她的心，堅強而美麗。」

他欲言又止，像是忍耐著很大的痛楚。我忍不住伸出左手，摸著他的臉頰。這時候我看見他的左眼，居然是非常深的紅色，深得接近黑，絲絨般的深紅。

「這是她送的禮物。」禁咒師指著左眼，「她過世後，將她的淨眼，送給了我。」

「……你也看得到嗎？」

他點了點頭。

我覺得跟他更親近了一點，雖然認識不久。所以他抱歉的想要內觀我的天賦時，便想也沒想的答應了。

「妳有殘留的血暈呢。可以聽得很遠？」他端詳著我。

「……沒有好嗎？」我臉色馬上慘白起來，「我以為……我會變成吸血族嗎？」

「不會的，不要擔心。」他溫柔的拍著我，「這比較像是……後遺症。對，一種沒有大礙的後遺症。妳很專注的時候，可以聽得很遠。就這樣而已，別擔心。」

我痊癒得很快，沒幾天我就能下床了。有天深夜，禁咒師跑來找我，問我願不願意擔任輔祭。

「欸？但我沒當過什麼輔祭……而且，要祭什麼？」

「祭天。」他笑著，將我抱起來，搭電梯到頂樓。

一隻非常巨大獰猛的九頭鳥沉靜的看著我們，斜下一隻翅膀。

「我可愛的小鳥兒。」禁咒師莊重的介紹，「她是英俊。英俊，這是林靖。」

很……很雄偉的「小鳥兒」。

那隻九頭鳥用當中一個頭蹭了蹭我，將我叼到背上，禁咒師也爬上來。在月夜裡，非常超現實的，御風飛翔。

我們飛到巴比倫最高的樓頂，俯瞰全城。九頭鳥落地幻化，成了一個滿頭蛇髮的美貌少女，有些羞怯的微笑。

哇賽……

「妳站在這兒，當我的左輔。」他招呼著九頭鳥，「英俊來這兒，當我的右弼。」

「……我該做什麼？」

「祈禱吧。」

祈禱？諸神不應的此時此刻，我該向誰祈禱？「……我只信仰聖光。」

「那就向聖光祈禱吧。」他笑瞇了兩彎眼睛，「有能力的人，什麼都是咒啊……」

他從虛空中取出一根極長的羽毛，虔誠的起舞。

我個人是覺得很怪異啦。是強而有力的咒舞也說不定，但很抱歉……我怎麼看都像猴子亂跳。我自詡語文能力極強，卻聽不懂他唱的歌詞，只能勉強分辨，似乎是印度話。

什麼都都都搭搭搭的。瞥了蛇髮少女一眼，她含著淚光，原本以為她很感動，但抽動的嘴角似乎不是那麼回事。

最後他氣喘吁吁的揮下了那根羽毛。一陣兇猛而乾淨的狂風突然颳過整個都城，污穢的霧氣被掃得乾乾淨淨，隨風而去的還有臨終似的悲鳴，幾棟大樓冒出火花，乒乒乓乓一陣大響，然後復歸沉靜。

「好令人討厭的手法。」禁咒師喃喃抱怨著，「這年代還有人用魔神法……燒了你的草人，看你還能做什麼怪。」

……雖然很像在騙人，但不知道為什麼，我大大的鬆了口氣。那種討厭的、壓抑而陰暗的氣氛，消失了。

「明……明峰，」我鼓起勇氣。若他也不足以信賴，我真的不知道該信賴誰了。或許柏人可以，但我連他是生是死都不知道。「我要默背一本筆記的內容，你可以聽看看嗎？」

他看著我，表情也嚴肅起來。「我在聽。」

我不記得說了多久，只記得從月當中天的時候，說到月亮即將西沉。

他一直很專心的聽，雖然一言不發，但沒有打斷我。我討厭背書，但必要的時候，我可以比誰都背得準確，何況那些是我親筆整理的。

背完整本以後，我喘了口氣，虛弱的下個希望被推翻的結論，「瘟疫可能是人為操控。」

「因為這是島國，要說實驗場，實在滿合適的。」不過他沒多說什麼，沉吟片刻，他皺緊眉，「你有懷疑的名單嗎？」

我立刻就想到部長，但卻沒辦法說出口。因為我沒有證據，若我僅憑直覺和臆測就入人於罪，和那些昏亂的媒體有什麼兩樣？

「……我沒有證據，不想影響你的判斷。」

原本緊皺的眉鬆了開來，禁咒師泛起淺淺的笑，「太好了。我很擔心……正義感強烈的人容易犯了武斷的毛病，然後跋扈、不可一世，錯用。妳這樣很好，很好。」

他為什麼要這麼高興？因為我嗎？

「你會去查看看嗎？」打了個呵欠，累了一個晚上，我的眼皮沉重。

「會，一定會。」他坐在我身邊，讓我靠著他的肩膀。

「那我就放心了。」將這個沉重的重擔交出去，我覺得好輕鬆，強烈的睡意襲來……我睡著了。

「這孩子又睡著了，每次帶她去看電影，不吵也不鬧，從頭睡到尾。」搖晃著，我將臉貼在寬大厚實的背上，半睡半醒。

「誰讓你選文藝片？」輕輕嬌嗔的聲音，是媽媽。

「選槍戰片還不是睡得很香甜？」爸爸將我揹高一點，我昏昏的將眼睛閉上，感覺很安心。

「我來吧，你揹得也累了。」

「哎唷，別啦！」老爸的聲音有點感傷，「她很快就長大了……等進入討厭的青春期，碰都不給人碰呢。趁現在……趁她還願意給人揹，讓我多揹一些時候吧……」

「你太寵她了啦！」

「就這麼一個女兒，唯一的心頭肉啊……」

搖晃著，我睜開眼睛。月亮在西方靜靜的撒著光芒，我的臉貼在寬大厚實的背上。

「爸爸？」低低的，我喊出來。

腳步停了下來，寬大厚實的背顫抖，將我揹高一點，溫柔的聲音說，「安心睡吧，乖女兒。」

怎麼是明峰的聲音啊？我閉上眼睛，將臉偎進寬大的背。我作了好奇怪的夢，很傷心，也很快樂，讓人想哭，又心裡暖洋洋的夢。

眼前的道路好亮好亮，爸爸揹我回家。

醒來時眼角含著淚，卻噙著微笑。

我是個幸福的人呢。摸出枕頭下的全家福，我凝視著叔叔們的臉孔，一個個摸過去。護貝過了，不用怕損壞，我可以摸他們的臉，想念他們。

房門開了，禁咒師走進來。他精神很好，看不出一夜未眠。「……我要走了。」

我必須忍耐，我不能夠哭。「好。」

「我會先去戰地視察，看看有什麼我能做的……」他垂下眼簾，「然後我會回來。」掙扎了一會兒，他開口，「妳要跟在我身邊嗎？」

我驚愕的抬頭，看著他。他帶一個什麼都不會的小孩子做什麼？這是非常累贅的吧？但這一刻，我好開心，我真的好開心好開心。

「……我好高興。」我笑了起來，「但是……對不起。我要留在這兒等柏人回來。柏人是我監護人，他是紅十字會特機二課的……」

他有些寂寞，卻釋然的望著我，「他待妳好嗎？」

「他是會走路的電冰箱，哪知道什麼是待人好。」我發著牢騷，「他總是要我別撒嬌。」安靜了一下，「但他會要我跟上來。他會等我跟上來。」

他點頭，「那就好，我會回來看妳，可以嗎？」

我點頭，拚命點頭。我明明說好要忍耐，不可以哭的。「再見。」

他轉身，看著他寬大的背，我的心好痛。「……爸爸。」

他沒回過頭，但他哭了。像是個少年般，毫不害羞的大哭起來，哭到不能壓抑，哭到回頭抱住我。

我好像懂，又好像不懂。我覺得心裡的一個巨大缺口被狠狠撕開，但也被溫柔的彌補上，卻充滿遺憾。

我們都很遺憾。

最後他走了，而我留下來，繼續等待。

我在等柏人回來。雖然我不肯定，他能不能回來。

第十章

柏人的家並沒有被燒掉，不知道他安了什麼東西，只有外牆燻黑。當然玻璃是被打破得一塊都不剩，什麼東西都打壞了，連書都被扔到庭院燒個精光。

這些愚蠢無知的暴民。

但比起別人的損失，我已經很幸運了。這場暴動死傷數字一直沒辦法確定，保守估計，起碼有兩萬人死於踩踏、虐殺和火災，十幾萬人輕重傷。人類和異族的關係，創史上最低冰點。

媒體事不關己的報導，但隨著幾個媒體人的離奇死亡，的確安靜許多，不再那麼興風作浪。

茫然的暴民大難不死，回家當安分守己的良民。回去發現半毀的家園，一面咒罵一面修復，卻沒有意識到自己也是暴民的一分子。

真是場可笑愚昧的戰爭。

漸漸的，穩定下來。小薏因為保了火險，所以房屋有了重建基金，她堅持在原址蓋新的麵包店，又去銀行貸款，背了一大筆債，還是把麵包店開了。

學校寄來復學通知，我一把撕成兩半，扔進垃圾桶。再上那個鬼學校我就是白癡。我直接申請大學，已經有兩家大學請我去面試了，我何必跟那群笨蛋一起上什麼鳥高中。

戰爭還在延續，而我滿十六歲了。我每天都在等。戰地資源短缺，訊息不通。偶爾，非常偶爾，我們可以接到他們偷寄的e-mail。因為是疫區，我們可以寄東西、寄信過去，他們卻不能寄任何東西過來，只有不會感染任何病毒的e-mail。

柏人寄來的信還是超短。「發光的問妳好。」、「妳還活著？」、「檸檬巧克力很噁心。」每次看信我都懷疑幹嘛等他回來，也不看人家阿默寫的信多長，你寫這什麼東西？

但我還在等。

他們很少傳訊息回來，因為是機密。但是需求的資料還是會告訴我一些什麼。

部長沒有去前線，鎮守在紅十字會，偶爾還會來課裡走走。

「坦白說，」有回他叫住我，「我不喜歡妳來。」

全身緊繃，我準備戰鬥。

「平凡才是最好的生活，不要追求所謂的刺激。」他看起來蒼老許多，「為什麼不珍惜平凡的幸福，走入危險是為什麼？」

我慢慢放鬆下來。原來只是因為這樣？

「我不是追求危險。而是有些事情，總是要有人去做。」

他深深的看我一眼，含笑的走了，以後沒再干涉我出入。

但我卻發了一身冷汗。幸好……幸好，我沒過早的判了他的罪，用我自以為是的判斷。幸好我沒犯下那樣的錯誤。

我每天花更多時間向聖光祈禱，但願我沒被仇恨蒙蔽，但願我還相信希望與良善。

戰爭持續下去，我十七歲了。

陸續有叔叔回來……以一罐骨灰罈的方式。有家人的會哭泣的帶回去安葬，沒有家人的，就是我的工作。

我是他們的女兒，當然就該行哀禮。沒問題，我可以的。是我對著他們的遺骨祈禱，對他們誦讀聖光的教誨，哪怕那有多可笑，是我抱著他們的遺骨入塔，是我對著他們的牌位灑淚。

全家福的人一個個的消去，最後只剩下聖、柏人、阿默。連豢龍氏的孟奇都喪生了。我抱著他的骨灰罈，面對他心愛的寵物們，不知道怎麼對他們說明，有的當天就死了，有的逃走了，有的陷入長長的冬眠，誰也無法承受。

我也快要不能承受了。

＊　＊　＊

就在我快滿十八歲的某個晚上，我突然驚醒。

明峰說過，我有血暈的後遺症，可以聽到很遠的聲音。但我發現，必須提到我的名字我才能夠找到定錨，不然怎樣都聽不見。

我聽到了。我聽到柏人喊我的名字。

「柏人？」我在空無一人的房間大吼，「柏人!!」

「……林靖。」他咳了幾聲，「當初一槍打死妳就好了，現在得丟妳一個孤苦無依，真是不負責任……」

為什麼沒有聲音了？為什麼？

「……站起來，柏人。」我咬牙切齒的瞪著虛空，「現在，站起來！」

我的手在發抖，我全身都在發抖。我努力的聽，希望再聽到什麼。

「……林靖？」他虛弱的聲音充滿困惑。

「撒什麼嬌？站起來，跟上來！」我抓狂的大吼，「別撒嬌，跟上來，跟上來！你答應我一定要回來不是嗎？我還沒滿二十，你不可以不負責任！」

「嘿……嘿嘿嘿……」這王八蛋居然在笑，「人……人的一生中，真的不能犯下太多錯誤……」

我痛罵了一整夜，罵到喉嚨都啞了。

「好……好了，不要罵了。」他咳了好幾聲，「我把他們一起扛回基地了。能夠託付的人都快死了，搞什麼……我、我要吃花生豬腳……等我回去……」

聲音沒了。

我坐在客廳，看著漸漸發白的天空，哭了又哭，哭了又哭。混帳王八蛋，會走路的電冰箱，死冰山！只想著吃……打那麼多年的仗，沒問一句好，只記得你的花生豬腳，你這頭豬！

你搞不好連我長什麼樣子都忘記了，都……忘記了。

但我知道，柏人會回家來。我也知道，戰爭終於結束了。

因為那些雜碎刺客倒是滿開心的跑回來熱身，我也當作練拳頭打發了，還用孟奇教我的方法養了幾隻起來。

一郎興奮的告訴我柏人的英勇事蹟。

他說，他們三人小組遇伏，看起來都要等死了。結果胃差點被打爛的柏人，居然扛起昏迷的聖和斷腿的阿默，步行好幾十里路，回到基地。

「我知道，這我早就知道了。」我握緊拳頭。胃都打爛了還點什麼菜?!

男人在外面打什麼仗，我們不知道。我們這些女人和小孩，就只能在家裡焦急的等待。一天一天，焦急的等待。

一個月後，柏人走入客廳。

我知道他的歸期，但我不肯去接他。因為我有更重要的事情。

「喂，我回來了。」他滿臉鬍渣，飄著淡淡的消毒藥水，亂七八糟的頭髮，背微微痀僂。

「……我叫什麼名字？」我冷冷的瞪著他。他走的時候，我只到他的腋下，現在我已經到他下巴高了。

「林靖。」

「……花生豬腳在桌上。」

「哦。」他沒說什麼，微跛的走向餐桌。

我再也無法忍耐了，一頭撞向他的懷裡，他慘叫一聲，「我的胃啊～」緊緊抱住他，說什麼也不要放開。是他活該啦，他一槍打死我，什麼事都沒了。沒有打死，就是他欠我欠我的。我不要放開，我不要，就算我超過二十了，他還是我的監護人，他要當我一輩子的監護人。

我就是不要放開！

緊繃著身體，他說，「……我可以吃飯嗎？」

「住口！」我埋在他胸口低吼。

他的身體放鬆下來，遲疑的把手放在我背上。「人的一生中，重大的錯誤，一次就夠了。」

「閉嘴！」我埋得更深一點，不讓他看到我哭花的臉。

（完）

【後記】

《歿世錄》可以視為禁咒師系列的後傳，起碼背景是的。

雖然沒有懷抱著很宏大的世界觀還是什麼的，坦白講，後傳早於前傳先萌芽，那時候很流行香港殭尸片，當時的我很著迷。在那之前，我也很迷戀吸血鬼的傳說，甚至構思了一部吸血鬼的作品，就是柔弱想死的女主角自願成為吸血鬼的食物，而那個吸血鬼是個醫生，想要解開吸血鬼永生的咀咒。

當時迷戀之餘，我又湧起幾點迷惑，而那些疑問，讓我設定了關於殭尸、吸血鬼，這種可以感染全世界、卻一直沒有付諸實行的謎團。

當時我就架構了一個神魔不應，一切似乎照舊，卻緩緩沉沒的末世。

但為什麼神魔不應？

這問題倒是困擾我很久，當時我已經在逐步架構舒祈的世界。我對這位管理者很感興趣，有時候會用她的角度跟我交談。

於是出現了封天絕地，各界裂痕，和天柱。

我承認，天柱的概念是來自所謂的「軸」。我當初看過一小段敘述，但實在忘記在哪看到的。總之，有人提到「地軸」的觀念，所以指南針總會指北這類的。這實在很有趣，因為事實上沒有這根軸，只是一種磁力的歸向。

有地軸，那麼有沒有天柱呢？

於是我很愉快的將帝嚳加入設定中，將他定位於天柱。

當初寫的時候我也猶豫過，讓前傳一直愉快的寫下去不好嗎？一定要崩毀一切？但我發現，我沒辦法自圓其說。

成住壞空，周而復始。沒有永遠不變的事物，所謂的永恆不過是永恆的變動。

直到我驚覺架構過於龐大，我已經幾乎架構完畢。而且，前傳終點就在眼前了……《禁咒師》和《妖異奇談抄》都在七集完成前傳。我會在《禁咒師》交代人間的災變末日，會在《妖異奇談抄》交代天界的災變末日。

我倒不覺得這是壞結局。壽終正寢未必是每個人的希望。說不定，他們最大的希望是為自己深愛的人間獻身，毫無遺憾的。

* * *

我提前寫後傳，其實是故事滿到不能再滿，雖然只是一個夢境的延伸。

當然也有人會看不懂這樣的氛圍和背景，這也是為什麼我用一個十二歲天才少女的角度，大膽的使用第一人稱切入的緣故。因為她懂得的也不比讀者多，像是讀者不了解災變後，她也不了解災變前，只能經過對照，慢慢揭開這個文明靜滯、暮氣沉沉的末世。

我不可能像是寫設定集一樣，明明白白告訴你為什麼會這個樣子，但我們可以跟著「林靖」的目光，去了解為何如此，和眾生與人類的掙扎。

所以，只能請讀者耐心慢慢看，問我也沒用。我是說故事的人，不是寫設定集的人。

我也不清楚，這是不是讀者想看的小說，但這是我想寫的小說。我不確定會不會寫下一部，但我在心裡的確是寫了。沒有停止、也無法停止的在內心編織了之後的一切。

如果有下一本，我可能會讓聖當主角吧？

即使天懲，依舊要在巴比倫上，載歌載舞，走向末日。

2007/10/2蝴蝶

國家圖書館出版品預行編目資料

殘世錄Ⅰ：淨眼 / 蝴蝶著. -- 二版. -- 新北市板橋區
：雅書堂文化, 2011.06-
冊；　公分. -- (蝴蝶館；15-)
ISBN 978-986-6277-90-0(平裝)

857.7　　　　100009898

蝴蝶館 15

殘世錄Ⅰ之淨眼

作　　者／蝴　蝶
發 行 人／詹慶和
總 編 輯／蔡麗玲
執行編輯／蔡竺玲
封面設計／斐類設計
內頁排版／造極

出版者／雅書堂文化事業有限公司
郵政劃撥帳號／18225950
戶名／雅書堂文化事業有限公司
地址／新北市板橋區板新路206號3樓
電子信箱／elegant.books@msa.hinet.net
電話／(02)8952-4078
傳真／(02)8952-4084

2011年6月二版一刷　定價200元

總經銷／朝日文化事業有限公司
進退貨地址／新北市中和區橋安街15巷1號7樓
電話／（02）2249-7714　傳真／（02）2249-8715
星馬地區總代理：諾文文化事業私人有限公司
新加坡／Novum Organum Publishing House (Pte) Ltd.
20 Old Toh Tuck Road, Singapore 597655.
TEL：65-6462-6141　FAX：65-6469-4043
馬來西亞／Novum Organum Publishing House (M) Sdn. Bhd.
No. 8, Jalan 7/118B, Desa Tun Razak, 56000 Kuala Lumpur, Malaysia
TEL：603-9179-6333　FAX：603-9179-6060